NÃO CHORAR

Cet ouvrage, publié dans le cadre du Programme d'Aide à la Publication année 2023 Carlos Drummond de Andrade de l'Ambassade de France au Brésil, bénéficie du soutien du Ministère de l'Europe et des Affaires étrangères.

Este livro, publicado no âmbito do Programa de Apoio à Publicação ano 2023 Carlos Drummond de Andrade da Embaixada da França no Brasil, contou com o apoio do Ministério francês da Europa e das Relações Exteriores.

AMBASSADE
DE FRANCE
AU BRÉSIL
Liberté
Égalité
Fraternité

Tradução
Lucília Teixeira

Preparação e revisão
Berttoni Licarião

Capa e projeto gráfico
BR75 | Raquel Soares

Diagramação
BR75 | Raquel Soares

Ilustração de capa
Camila do Rosário

Dados Internacionais de Catalogação na Publicação (CIP)
(Câmara Brasileira do Livro, SP, Brasil)

Salvayre, Lydie
Não chorar / Lydie Salvayre ; [tradução Lucília Teixeira].
-- Rio de Janeiro: Editora Paris de Historias, 2023.

Título original: Pas pleurer
ISBN 978-65-85778-00-8

1. Bernanos, Georges, 1888-1948 – Ficção
2. Espanha – História – Guerra civil, 1936-1939 – Ficção
3. Ficção francesa I. Título.

23-164779 CDD-843

Índices para catálogo sistemático:
1. Ficção : Literatura francesa 843
Aline Graziele Benitez – Bibliotecária – CRB-1/3129

NÃO CHORAR

Lydie
Salvayre

NÃO CHORAR

Paris de Histórias
editora

¿De qué temes, cobarde criatura? ¿De qué lloras, corazón de mantequillas?

CERVANTES *(Don Quixote, II, 29)*

PREFÁCIO

Acontece que o tempo não passe. Que o *antigamente* se torne o *hoje*, para sempre.

Acontece que o tempo não flua. Ele gira em círculos e a memória o acompanha, a bordo de seu insano carrossel.

O tempo e a memória nem sempre se assemelham a um rio no qual poderíamos tentar entrar novamente. Ou, então, se existisse um rio, ocorre que ele acabaria por secar e que, em seu leito agora ressequido, distinguiríamos apenas alguns blocos ou pedras deixados ali, para todo o sempre. Torna-se, então, impossível retomar o percurso do tempo. Podemos somente observar o que ele deixou atrás de si.

Para Montse, a mãe da narradora, a memória secou.

Entre a guerra civil espanhola e o presente da narração, tudo parece ter desaparecido.

Tudo, exceto o verão de 1936. Aquele verão é como uma pedra, presente para sempre – ou melhor, uma pedra rara, um bloco denso, mas igualmente muito belo e luminoso. Provavelmente, por essa razão não fora levado com todo o resto.

Para Montse, o verão de 1936 foi o da experiência libertária. Foi também o verão do primeiro amor. O encontro entre a espanhola Montse e André, seu belo amante francês, foi tão forte quanto fugaz. O que não abalou em nada sua certeza: este primeiro amor foi o seu único e verdadeiro amor. O verão de 36, bloco denso, para sempre enraizado em sua memória, é também o do casamento arranjado com Diego, o ruivo, para escapar da desonra que, naquela época, significava o fato de se tornar uma "menina-mãe". Também é o do surgimento de um outro conflito no interior da própria guerra, um conflito que fraturou sua própria família: o da oposição dos comunistas espanhóis da linha mais rígida (entre os quais se encontrava Diego) feita aos anarquistas e à esquerda antistalinista (dentre eles, seu irmão José). Reviravoltas, traições e emboscadas pontuaram aquele verão. Violência, morte. No entanto, para sempre, esta certeza: o primeiro amor de Montse era dotado de um brilho que nada poderia mudar. Para Montse, o primeiro amor permanece sendo para sempre o mais puro. No fundo, o único.

Sua filha, que a escuta depois de mais setenta anos, se propõe a colocar em segurança aquele "verão radiante" antes que a amnésia materna, por sua vez, o leve. *Não chorar* é este passado que nunca aconteceu. A narrativa de uma mãe se tornou, graças à escuta e à atenção de sua filha narradora, um tesouro de papel, um concentrado de emoções e de lágrimas contidas. Da mãe à filha e da filha para nós leitores, leitoras: *Não chorar* talvez seja antes de tudo uma história de transmissão.

Talvez, o mais tocante no romance de Lydie Salvayre seja a maneira com a qual ela consegue contar a história de Montse em uma linguagem tão singular, aquele francês que é apenas dela, transformado e fecundado por sua língua materna, transformado pelas palavras vindas de um país anterior. Em *Não chorar*, é a voz de Montse que ouvimos. Uma língua que, por não se parecer com nenhuma outra, consegue criar a ilusão da presença. Às vezes, a literatura é capaz deste tipo de prodígios.

Mas o livro de Lydie Salvayre nos faz ouvir uma outra voz, a de um grande escritor francês, Georges Bernanos, que publicou em 1938 um texto de uma coragem inaudita: *Os Grandes Cemitérios sob a lua*. No momento em que a guerra civil espanhola eclodiu, Bernanos se encontrava nas ilhas Baleares, em Palma de Maiorca. Católico e próximo da Ação Francesa (um partido nacionalista e monarquista), Bernanos, inicialmente, acenou para o movimento franquista. Seu filho, Yves, aliás, se alistou na Falange espanhola. Mas a barbárie da qual foi testemunha em Maiorca o abalou profundamente. Georges Bernanos assistiu, horrorizado, aos massacres que os falangistas perpetraram com a cumplicidade da Igreja católica espanhola. Mais do que isso: com sua benção.

Assim, muito rapidamente, Bernanos se posicionou contra este lado. Teve a coragem de ver e de denunciar o horror da maneira como podia, com a ajuda das palavras, primeiro em uma revista dominicana, sob a forma de artigos, depois em um livro nascido desses mesmos escritos. Enquanto compila a narrativa de sua mãe, a narradora lê e reflete sobre o testemunho de Bernanos.

Não chorar também se trata disso: da grande História e da maneira como ela ressoa com o íntimo. Guerra, amor. Também, coragem. Aquilo que é necessário para ser o primeiro a ver depois a nomear. Erguer-se e, depois, sozinho, gritar.

Laura Alcoba

1

Em nome do Pai, do Filho e do Espírito Santo, com sua mão venerável na qual reluz o anel pastoral, o monsenhor bispo-arcebispo de Palma aponta aos justiceiros o peito dos pobres ruins. É Georges Bernanos quem está dizendo. É um católico fervoroso quem está dizendo.

Estamos na Espanha em 1936. A guerra civil está a ponto de eclodir e minha mãe é uma pobre ruim. Um pobre ruim é um pobre que abre a boca. Minha mãe, no dia 18 de julho de 1936, abre a boca pela primeira vez em sua vida. Tem quinze anos. Mora em um vilarejo isolado do mundo, onde, há séculos, grandes proprietários de terra mantém famílias como a dela na maior pobreza.

Nesse mesmo momento, o filho de Georges Bernanos se prepara para lutar nas trincheiras de Madrid, usando o uniforme azul da Falange. Durante algumas semanas, Bernanos considera o engajamento do filho com os nacionalistas legítimo e fundamentado. Sabemos quais são suas ideias. Contribuiu para a *Ação francesa*[1]. Admira Drumont. Declara-se monarquista, católico, herdeiro das velhas tradições francesas e mais próximo do pensamento da aristocracia operária do que do execrável da burguesia endinheirada. Presente na Espanha no momento do levante dos generais contra a República, de imediato, não mede a dimensão do desastre. Mas, muito rapidamente, não pôde distorcer a evidência. Vê os nacionalistas realizarem uma depuração sistemática dos suspeitos e, entre um assassinato e outro, serem absolvidos pelos dignitários católicos em nome do Pai, do Filho e do Espírito Santo.

A Igreja espanhola se tornou a Puta dos militares depuradores.

---

[1] *Action française*, movimento político e jornal francês de extrema-direita da época. [N.T.]

Enojado, impotente, Bernanos assiste a essa infame conivência. Depois, em um penoso esforço de lucidez que o obriga a romper com afinidades antigas, decide escrever a respeito do que é uma testemunha dilacerada.

Ele é um dos únicos do seu entorno a ter essa coragem.

A mis soledades voy,
De mis soledades vengo.

Em 18 de julho de 1936, acompanhada de minha avó, minha mãe se apresenta diante dos señores Burgos que desejam contratar uma nova empregada, a anterior tinha sido dispensada sob a alegação de cheirar à cebola. No momento do veredicto, don Jaime Burgos Obregón dirige à esposa um rosto satisfeito e, depois de ter observado minha mãe dos pés à cabeça, declara naquele tom de confiança que minha mãe nunca esqueceu: Ela tem uma aparência bem modesta. Minha avó agradece como se ele a estivesse parabenizando, mas eu, diz minha mãe, essa frase me deixou louca, a recebo como uma ofensa, como uma patada al culo, minha querida, una patada al culo que me faz dar um salto de dez metros dentro de mim mesma, que agita meu cérebro dormente há mais de quinze anos e que me ajuda a compreender o sentido dos palavrões que meu irmão José trouxe de Lérima. Então, quando estamos na rua, começo a berrar (eu: a berrar), a berrar Ela tem uma aparência bem modesta, você entende o que isso quer dizer? Mais devagar, pelo amor de Deus, implora minha mãe, que é uma mulher muito apagada. Isso quer dizer, eu estava fervilhando, minha querida, eu estava fervilhando, isso quer dizer que eu seria uma empregada bem burra e bem obediente! Isso quer dizer que aceitaria todas as ordens de doña Sol sem reclamar e que limparia o cocô dela sem reclamar! Isso quer dizer que eu apresentava todos os pré-requisitos de uma perfeita idiota, que eu nunca rechistaria contra nada, que não causaria nenhum problema de modo algum! Isso quer dizer que don Jaime me pagaria uma, como se diz? uma ninharia, e que, além disso, eu precisaria dizer muchísimas gracias com aquela aparência modesta que combina tão bem comigo. Senhor Jesus, murmura minha mãe com a mirada alarmada, mais baixo, vão te ouvir. Mas eu, eu berreo[2] ainda mais forte: Que se dane que me ouçam, não quero ser empregadinha na casa dos Burgos, prefiro ser puta na cidade! Pelo amor de Deus, suplica minha mãe, não diga estas besteiras. Nem nos convidaram para sientar, disse revoltada, nem um aperto de mão, eu me acuerdo (eu: eu me lembro), eu me lembro bruscamente de que tenho dores por causa de um uñero no polegar e que estou com o dedo enfaixado, unheiro se preferir, mas não corrija toda palavra senão nunca vou conseguir. Então, minha mãe, para me acalmar, lembra com uma voz sussurrada os consideráveis benefícios que me esperam caso seja admitida: que terei onde dormir, que terei o que comer e que estarei limpa, que terei folga todos os domingos para ir dançar a jota[3] na praça da igreja, que receberei um salariozinho e uma gratificaçãozinha anual com a qual poderei montar um enxovalzinho e até mesmo economizar. A essas palavras, esbravejo: Prefiro morrer! Dios mío, suspira minha mãe, lançando olhares agoniados nas duas fileiras de casa que margeiam a ruela. E eu, eu começo a correr a toda velocidade rumo ao meu sótão. A guerra, felizmente, eclode no dia seguinte, o que faz com que eu nunca tenha sido empregada na casa dos Burgos nem na de ninguém. A guerra, minha querida, veio na hora certa.

Minha mãe, naquela noite, assiste à televisão onde, por coincidência, a imagem de um homem entrevistando o presidente da República faz lembrar o entusiasmo de seu irmão José voltando de Lérima, sua jovem impaciência e seu entusiasmo que o tornavam bonito. E tudo volta de uma só vez, a pequena frase de don Jaime Burgos Obrégon, a alegria de julho de 36, a descoberta eufórica da cidade e o rosto de quem ela tanto amou e que minha irmã e eu chamamos desde a infância de André Malraux.

Minha mãe se chama Montserrat Monclus Arjona, um nome que estou feliz de fazê-lo viver e de desviá-lo, por um tempo, do esque-

---

[2] No original: *Je grite*, forma inexistente em francês. Como o verbo possui a mesma grafia em português e em espanhol, optei por trazer um sinônimo com uma marca de conjugação errônea. [N.T.]

[3] Dança espanhola, entendida como uma representação cênica, os intérpretes da jota cantam e bailam acompanhados de castanholas e vestindo trajes típicos. [N.T.]

cimento ao qual estava destinado. No relato que faço, não quero introduzir, até este momento, nenhum personagem inventado. Minha mãe é minha mãe, Bernanos, o escritor admirado dos *Grandes Cemitérios sob a Lua*, e a Igreja católica, a infame instituição que era em 36.

Fuente es mi vida
en que mis obras beben

Minha mãe nasceu em 14 de março de 1921. Seus próximos a chamam de Montse ou Montsita. Aos noventa anos me conta sua juventude em uma língua mista e transpirenaica, língua que se tornou a dela desde que o acaso a jogou, há mais de setenta anos, em um vilarejo do Sudoeste francês.

Minha mãe era linda. Dizem que antigamente ela tinha aquela presença muito particular conferida às mulheres espanholas, o porte do cântaro sobre a cabeça, algo que se vê hoje apenas nas dançarinas de balé. Dizem que ela avançava como um barco, bem esguia e leve como uma vela. Dizem que tinha um corpo de cinema e *trazia nos olhos a beleza de seu coração.*

Hoje ela está envelhecida, o rosto enrugado, o corpo decrépito, o andar descaminhado, cambaleante, mas uma juventude no olhar que a evocação da Espanha de 36 realça com uma luz que nunca havia visto nela. Tem distúrbios de memória e esqueceu para sempre os vestígios de todos os eventos vividos entre a guerra e hoje. Mas guardou absolutamente intactas as lembranças daquele verão de 36, quando o inimaginável aconteceu, aquele verão de 36 durante o qual, ela diz, ela descobriu a vida e que, sem dúvida, foi a aventura inigualável de sua existência. Quer dizer, então, que o que minha mãe considerou como realidade durante os setenta e cinco anos que se seguiram não tiveram para ela uma existência real? Às vezes eu penso nisso.

Nesta noite, escuto-a mais uma vez remexer as feridas de sua juventude perdida e vejo seu rosto se animar, como se toda a sua alegria de viver houvesse sido recolhida naqueles poucos dias do verão de 36, na grande cidade espanhola. Como se, para ela, o curso do tempo tivesse parado na calle San Martín, no dia 13 de agosto de 1936, às 8 horas da manhã. Ouço-a contar as recordações que a leitura paralela que faço de *Grandes Cemitérios sob a Lua* de Bernanos ofusca e completa. E tento decifrar as razões das perturbações que esses dois relatos causam em mim, uma perturbação que temo que me conduza para onde não tinha nenhuma intenção de ir. Para ser mais precisa, ao evocá-los, sinto sentimentos contraditórios e, para que conste, bastante confusos, deslizarem em mim, por eclusas ignoradas. Enquanto as histórias de minha mãe sobre a experiência libertária de 36 despertam em meu coração um encantamento, uma alegria de infância desconhecidos, o relato das atrocidades descritas por Bernanos, confrontado à noite dos homens, aos seus ódios e a seus furores, vem reavivar minha apreensão de ver alguns canalhas retomarem hoje essas ideias repugnantes que pensava estarem, há tempos, adormecidas.

No momento em que minha mãe, aos quinze anos, acompanhada por minha avó, se apresenta ao posto de doméstica, doña Pura, a irmã do anteriormente nomeado don Jaime Burgos Obregón, sentada eternamente rígida na beirada de uma cadeira de couro de encosto alto, lê exaltada o editorial que está na primeira página de seu jornal, *Acción Española*: “Um jovem general decidiu tomar o comando da Grande Espanha, afundando a democracia e o socialismo, afim de constituir um dique contra a invasão bolchevique. Ao seu chamado, outros generais, sem hesitar, se juntaram ao redor deste extraordinário treinador de homens e as ligas nacionalistas despertaram. Mas o pensamento, a inteligência, a devoção à pátria e o heroísmo serão capazes de superar baixos desejos, instintos bestiais implantados no poder pelo governo de Moscou que espera, assim, envenenar toda a Europa mediterrânea?” A pergunta que encerra o artigo coloca doña Pura em uma angústia tal que logo é tomada por palpitações cardíacas. Logo, doña Pura fica propensa às palpitações cardíacas e, por mais que o médico tenha prescrito evitar as contrariedades que possam desencadear essas palpitações cardíacas, seus sentimentos patrióticos lhe ordenam ler o jornal dos nacionalistas. É um dever, doutor, diz com uma voz falha.

Nos dias seguintes, doña Pura vive no pavor de ver sua casa pilhada, suas terras roubadas e sua fortuna destruída por José, o irmão de Montse, e seu bando de ladrões. Ainda mais depois que Maruca, a quitandeira, lhe confiou em voz baixa que os anarquistas se envolviam em roubos sangrentos à mão armada, desentranhavam as religiosas depois de estuprá-las, depois profanavam seus conventos com horríveis sacrilégios. Desde então, doña Pura os imagina entrando em seu quarto, arrancando o crucifixo de marfim que pende sobre sua coberta branca, roubando sua caixa de joias incrustada de esmalte, e deliciando-se, Senhor Jesus, com abusos inqualificáveis. No entanto, quando passa por eles, continua a saudar os pais daqueles inconsequentes. É preciso que ela tenha um bom coração!

Mas ao cair da noite, ajoelhada sobre seu genuflexório, implora aos céus que protejam os seus daqueles selvagens que não respeitam nada.

Que morram!

Mal pronuncia a frase, enrubesce de vergonha de ter emitido um tal desejo. O bom Deus, dotado, como dizem, de uma super audição, teria ouvido suas palavras? Ela confessará amanhã a don Miguel (o padre do vilarejo que ainda não fugiu), ele lhe prescreverá como penitência três Ave e um Pater que, em sua consciência, têm o efeito curativo quase instantâneo de um comprimido de aspirina. É notório que, quaisquer que sejam os crimes que os católicos cometessem contra os vermelhos naquela época, com arma branca, arma de fogo, golpes de cassetete ou barras de ferro, eram instantaneamente inocentados e perdoados, bastava que o autor fizesse um ato de contrição antes da oração da noite, os pequenos arranjos com o Céu espanhol se revelam devidamente mágicos.

Doña Pura retoma a invocação e reza agora à Santíssima Virgem Maria para colocar fim às ações daqueles atrevidos que ofendem mortalmente seu bom Deus. Pois doña Pura considera que atentar contra sua riqueza é ofender mortalmente seu bom Deus. Pois doña Pura sabe melhor que ninguém quem está ofendendo mortalmente seu bom Deus. Pois doña Pura faz parte destas pessoas que, no vilarejo, de forma resumida e eloquente, são chamadas de fachas.

Facha é uma palavra que, pronunciada com o tch espanhol, se lança como um cuspe.

Os fachas estão em número reduzido no vilarejo e têm em comum o fato de considerarem que:

VERMELHO BOM
É VERMELHO MORTO.

José, meu tio, o irmão de Montse, é um vermelho, ou melhor, um vermelho e preto.

Desde que sua irmã lhe relatou sua visita na casa dos Burgos, ele não esconde sua raiva. Os vermelhos em 36 não escondem a raiva. Muito menos os vermelhos e pretos.

José considera que sua irmã foi ofendida. A Espanha de 36 está repleta de ofendidos.

Ela parece bem modesta! Ela parece bem modesta! Mas quem ele pensa que é? Aquele cabrón! Ele vai se arrepender, aquele sinvergüenza! A gente vai fazer ele engolir essa porra de frase asquerosa! A gente vai fechar a boca daquele burgués!

Desde que voltou de Lérima, José não é mais o mesmo. Tem no olhar o reflexo de visões inauditas, inefáveis, e na boca, palavras de um outro mundo que fazem sua mãe dizer Mudaram meu filho.

Todo ano, entre a colheita das amêndoas no mês de maio e a das avelãs em setembro, José parte para preparar fenos como trabalhador sazonal em uma grande propriedade nos arredores de Lérima, para um trabalho que vai além das suas forças e por um salário irrisório, mas que se orgulha de oferecer aos pais.

Desde os quatorze anos, seus dias são consumidos pelos trabalhos nas plantações que começam ao amanhecer e só terminam ao anoitecer. Sua vida é regrada pela sorte. E ele não cogita nem por um só instante questioná-la, não cogita nem por um só instante que seja possível viver de outra maneira.

Mas naquele ano, quando chega em Lérima acompanhado de Juan, encontra uma cidade que ruiu vertiginosamente, moral às avessas, terras compartilhadas, igrejas transformadas em cooperativas, cafeterias murmurando slogans e, em todos os rostos, uma alegria, um fervor, um entusiasmo dos quais ele nunca se esquecerá.

Descobre, assim, palavras tão novas e tão audaciosas que transportam sua alma de jovem. Palavras imensas, palavras retumbantes, palavras flamejantes, palavras sublimes, palavras de um mundo que começa: revolução, liberdade, fraternidade, comunidades, palavras que, acentuadas em espanhol na última sílaba, te dão imediatamente um soco na cara.

Ele fica maravilhado como uma criança.

Coisas nunca pensadas lhe vêm à cabeça.

Desmedidas.

Aprende a levantar o punho e a cantar em coro *Hijos del Pueblo*.

Com os demais, grita Abaixo à opressão, Viva a liberdade.

Grita Morte à morte.

Ele se sente existir. Sente-se melhor. Sente-se moderno e seu coração transborda. De repente, compreende o que significa ser jovem. Ele ignorava isso. Entende que poderia ter morrido ignorando isso. Ao mesmo tempo, calcula o quanto de sua vida até aquele dia foi morna e pobres os seus desejos.

Percebe, nesse grande sopro negro, algo que denomina, por não dispor de outra palavra, poesia.

Volta ao vilarejo com a boca cheia de grandes frases e um lenço vermelho e preto atado em torno do pescoço.

Em uma eloquência febril, diz a seu auditório (que se limita até então a sua mãe e a sua irmã) que, em Lérima, um amanhecer esplêndido despertou (ele tem uma propensão natural ao lirismo), que a Espanha finalmente se tornou espanhola e ele, espanholíssimo. Vibrando, diz que é preciso liquidar a antiga ordem que perpetua a servidão e a vergonha dos homens, que a revolução dos corações e das mentes começou e que ela se estenderá amanhã por todo o país e progressivamente por todo o universo. Diz que nunca mais o dinheiro decidirá todas as coisas, que nunca mais ele fundará as distinções entre os seres e que logo

O mar terá um gosto de licor de anis, deixa o mar revolto.

e que em breve não haverá mais injustiça, hierarquia, exploração, miséria, que as pessoas farão parte

Viajar de férias com o papa, completa a mãe cada vez mais exasperada.

dividir as riquezas deles, e os que calam a boca desde que estão no mundo, os que alugam a terra deles, daquele cabrón do don Jaime que possui todas, os que lavam o cocô da mulher dele e lustram a louç[4]

Lá vem a mesma história! exclama a mãe que não aguenta mais ouvir aquilo.

eles vão se levantar, vão lutar, vão se livrar de todas as dominações e dev

[4] Palavra cortada no original. Marca de discurso interrompido [N.T.]

Não darei a mínima para dominações, explode a mãe.

É[5] sete horas e seria melhor você ir lá no galinheiro.

Preparei o seu balde.

Mas José não para de falar e as galinhas, que ignoram as ideias de Bakunin, ainda aguardarão um pouco mais pela ração.

Desde que voltou de Lérima, José está incansável e alterna sem parar momentos nos quais fulmina, enraivece, multiplica os coño, os joder, os puñeta e os me cago em Dios, e outros nos quais sublimemente se exalta.

Pela manhã, ele tempesteia contra os ricos ruins, pleonasmo, ele diz (descobriu essa palavra no jornal *Tierra y Libertad*) já que só existem ricos ruins, qual é, diga-me, a fortuna que não é roubada? Pragueja contra os aproveitadores e amigos do padre don Miguel, que vai sentir passar, sob a batina, o vento gelado da revolução (isto o faz rir), contra o ladrón don Jaime Burgos Obregón e outros especuladores e, principalmente, contra o chefe da gangue nacionalista que se autopromoveu chefe da rebelião: o general Francisco Franco Bahamonde, a quem insulta ora em um idioma floreado que alguns podem qualificar como vulgar, tratando-o de anão chupador de padres, estrume, podridão, filho da puta, assassino, que vai pegá-lo pelos, ora no modo bakuniano-lógico-político, chamando-o, então, de aliado objetivo do capitalismo e inimigo da classe do proletariado, sendo esta vítima ao mesmo tempo da desconfiança do governo republicano e da repressão franquista. Mas se pela manhã seu coração é um barril de pólvora, à noite sonha bem alto coisas fabulosas e promete à irmã Montse um mundo onde nenhum ser nunca será servo nem propriedade de outro, onde nenhum ser nunca mais excluirá em favor de outro a parte de soberania que lhe cabe (frase emprestada do jornal *Solidariedad Obrera*), um mundo justo e belo, um cielo, ri de felicidade, um paraíso concretizado onde o amor e o trabalho serão feitos livremente, na alegria, e onde

Não sei como, interrompe Montse segurando o riso, como poderia, em pleno mês de janeiro, colher as azeitonas livremente com

[5] Reprodução de erro linguístico em francês. No original: *C'est sept heures* [N.T.].

alegria com os dedos gelados e as costas me matando. Você está delirando, ela diz do alto dos seus quinze anos.

O comentário de Montse suspende por um instante as promessas esplêndidas que José colocou em seu programa, mas logo ele continua com o mesmo entusiasmo, com o mesmo ardor. E no fundo de si mesma, Montse fica feliz de ouvir seu irmão imaginar o futuro humano onde ninguém cuspirá em ninguém, onde mais nenhum medo, nenhuma vergonha serão lidos nos olhos, onde as mulheres serão iguais aos

Iguais em maldade? Montse, maliciosa, pergunta-lhe.

Montse sorri e todo seu ser consente secretamente às palavras que José sabe empregar sobre coisas mudas e que lhe abrem um mundo desconhecido e vasto como uma cidade.

Ela estimula José de tanto que ela gosta de escutá-lo. Agora, aqui está ele, filósofo (é este o José que ela prefere entre todos) e fazendo frases grandiosas sobre a arte de desapropriar. Montse: a arte de quê? José: de desapropriar. Montse: o que isto quer dizer? José: isto quer dizer que possuir um objeto, uma casa, uma joia, um relógio de pulso, móveis de mogno, qué sé yo, é produzir a escravidão, é querer a todo preço conservá-los, é acrescentar novas servidões às que não podem ser subtraídas. Enquanto nas comunidades livres que iremos construir tudo será nosso e nada será nosso, entende? a terra será nossa como a luz e o ar, mas ela não será de ninguém. Ele se exalta. E as casas não terão fechaduras nem trincos, você não acredita?

Montse sorve suas palavras, entende um quarto delas, mas que lhe fazem bem sem ela saber o porquê.

A mãe, esgotada, espera que essas fabulações próprias da juventude durem apenas um tempo e que José se recupere rapidamente do que ela chama de: senso das realidades, para ela quer dizer: o das renúncias. Esse é o seu desejo secreto. Esse é o desejo secreto de todas as mães do vilarejo. As mães são monstros.

Vamos fazer a revolução e acabar com os nacionalistas, exclama José, Fuera los nacionales! Fuera! Fuera!

Em Palma de Maiorca, onde Bernanos está alojado, os nacionalistas já começaram a caça aos vermelhos que, nessa ilha tão calma, pertencem a partidos moderados e não participaram dos massacres dos padres.

Desde que a Santa Guerra foi declarada, desde que "os aviões fascistas" foram "bentos pelo arcebispo de Palma" em traje de gala, desde que a padeira lhe dirigiu, assim que o viu, a saudação mussoliniana, desde que o dono da cafeteria, vermelho de indignação, disse que era necessário colocar na linha (e uma bala na cabeça) os trabalhadores agrícolas que ousassem declarar que por trabalharem quinze horas por dia mereceriam melhores salários, Bernanos sente uma angústia crescente invadi-lo.

A revista católica francesa *Sept,* dirigida pelos dominicanos, aceitou publicar regularmente depoimentos sobre os acontecimentos da Espanha. São crônicas que constituirão mais tarde a base dos *Grandes Cemitérios sob a Lua.*

Alguns dias, passeando pelo interior de Palma, lhe ocorre de topar no fim do caminho com um cadáver cheio de moscas, com a cabeça ensanguentada e o rosto dilacerado, as pálpebras horrivelmente inchadas e a boca aberta com algo preto dentro.

Primeiramente, acredita que essas execuções sumárias são apenas excessos ou atos de vingança reprovados por quase todos.

Acredita em um breve incêndio.

Mas o incêndio se prolonga e sua angústia aumenta.

Um fogo de uma outra natureza queima os pensamentos de José que fulmina e se exalta todos os dias. Mas, assim que o pai volta das plantações, José sussurra silenciosamente.

Seu pai é proprietário de um terreno de oitocentos ares, herdado de geração em geração há séculos e que aumentou em algumas jeiras compradas de don Jaime a prestações. Essa terra sedenta, sobre a qual crescem apenas rudes oliveiras e uma relva áspera que serve somente para as cabras, constitui o seu único patrimônio e seu bem mais precioso, talvez mais precioso do que sua esposa, que, no entanto, fora escolhida com o mesmo esforço que teve ao escolher sua mula.

José sabe que é inútil tentar convencer seu pai dos fundamentos de seu projeto de repartir as terras cultiváveis de maneira mais justa. O pai, que nunca saiu de sua toca, que não sabe ler nem escrever e que preservou, como diz José, uma mentalidade ultrapassada, rejeita violentamente as ideias de seu filho e não aceitará nunca nunca nunca o princípio.

Ele diz enquanto EU estiver vivo, ninguém comerá meu pão.

Como fazê-lo compreender que novas ideias estão prestes a transformar o mundo para deixá-lo melhor?

O pai não quer saber de nada disso. Ele diz: Comigo, eles não farão nada disso. Não sou tão otário assim. Não nasci ontem. Além disso, ele estima que sua posição, determinada por uma antiga sabedoria camponesa e a clarividência dos que não se deixam ludibriar por disparates, é a única válida e a única durável. Gostaria de moldar seu filho à sua imagem! Gostaria de coagi-lo a uma fatalidade idêntica àquela que o curva! José dispõe de uma palavra para qualificar uma atitude dessa: DESPÓTICO! DESPÓTICO é um termo que José trouxe de Lérima (com toda uma coleção de palavras em -ico e em -ão) pelo qual tem uma clara predileção.

Despótico seu pai, despótica a religião, despótico Stalin, despótico Franco, despóticas as mulheres, despótica a grana.

A palavra também agrada a Montse que fica louca para usá-la. E quando sua amiga Rosita vem procurá-la para ir dançar na praça da Igreja como todos os domingos, ela lhe diz que não vai mais se prestar a um hábito DESPÓTICO.

Quizás, responde Rosita que apreende vagamente o sentido do vocábulo, mas é a única ocasião para você encontrar o seu namorado.

Que namorado?

Não dê uma de besta, todo mundo sabe.

Todo mundo menos eu.

Mas o Diego é louco por você.

Não diga isso, Montse tapa as orelhas.

E minha mãe, que agora passa seus dias sentada na poltrona de inválida situada próxima à janela de onde olha as crianças brincarem no pátio da escola, pois este é um dos únicos momentos de felicidade que lhe restam, minha mãe, a quem dou de comer como a uma criança, que lavo e visto como uma criança, que levo para passear como uma criança, pois ela só pode caminhar agarrada ao meu braço, minha mãe se vê subindo com um passo rápido a calle del Sepulcro, que sobe em direção à praça da Igreja, onde uma pequena orquestra toca uma jota pompompom pompompom.

Toda vez é a mesma coisa, ela me diz, e seu rosto todo enrugado se acende com uma malícia infantil. Diego está aqui me olhando, me comendo com os olhos, me encarando, como você diria, e se os meus olhos encontram os dele, ele os desvia colocando a mão na bolsa.

O circo se repete, idêntico, todos os domingos pompompom pompompom, sob os olhos espiões de sua mãe que percebeu perfeitamente o jogo de olhares que não é nada a não ser o jogo do coração pompompom pompompom.

Todas as mães do vilarejo formam um círculo de controle na praça da Igreja e mantém às vistas a progenitura delas, ao mesmo tempo fazem suposições sobre as possibilidades de matrimônio que parecem se desenhar pompompom pompompom. Sem baixar um só instante a guarda policial, as mais ambiciosas sonham casar as filhas como os filhos Fabregat: tem razão. Mas a maior parte se limita em desejar que a filha tenha um ninhozinho aconchegante e uma vidinha monótona no pequeno círculo traçado em torno do eixo masculino, digo, em torno do pivô, do pilar, do pilão, da pilastra, do propileu masculino solidamente implantado no solo do vilarejo como será implantado um dia no solo em movimento do mistério feminino, como é bonito, como é bonito.

Montse não parece nem um pouco tocada pelo interesse mudo que lhe tem o pivô chamado Diego.

Suas sardas a repelem.

Sua insistência a constrange.

Ela tem o sentimento de que, pelos olhos, ele a faz refém. Não lhe ocorre responder ao entusiasmo dele. Ela tenderia mais para apagar o fogo. Ainda que ela prepare seu enxoval de casamento, como todas as garotas de sua idade, e que borde os dois M enlaçados do seu nome nos lençóis de linho branco e nas toalhas de banho, Montse não compartilha da obsessão de suas amigas em encontrar um marido antes que as enviem para servir na casa dos señores, de outro modo, diz o mais rápido possível (encontrar um marido: assunto nº1 das conversas que abundam por aqui entre as que dedicam-se em subir e descer a Gran Calle, em seguida ressubir e redescer novamente, depois reressubir e reredescer, conversas cheias de comentários sobre fulano que me olhou fazendo de conta de que não estava olhando nada e que passou três vezes na frente da porta, meu coração disparou, sobre um outro que usa meias desemparelhadas, se ele acha que, ou sobre Emilio, vê-se que ele demonstra habilidades, eu desconfio dele e prefiro Enrique, com ele é mais garantido, e outros chilros de fofoca e murmúrios da mesma melodia).

Se Montse permanece incrivelmente plácida diante do interesse apaixonado que Diego lhe dedica, por outro lado, seu irmão José vê com maus olhos que este último lance investidas sobre sua irmãzinha. Não aguenta o joguinho dele. Aos seus olhos, Diego é um señorito com a barriga cheia, uma criança mimada, empanturrada, um filhinho de papai e, o pior de tudo, um revolucionário de fachada que continuará sendo sempre, quer queira quer não, um burguês.

Isto basta para detestá-lo.

Desde que chegou de Lérima, José pensa o mundo simplesmente.

Quanto à mãe de Montse, não é sem uma certa satisfação que ela observa o filho Burgos se acercar de sua filha. O rapaz se apresenta bem, tem educação e a fortuna de seu parentesco constitui um excelente antídoto à vermelhidão medonha de sua cabeleira e à desconfiança obscura que ele suscita entre os habitantes do vilarejo.

Pois, por mais que estes últimos nunca confessem francamente, permanecem cautelosos diante desse Diego, filho adotivo de don Jaime Burgos Obregón e de doña Sol, sua esposa, uma criança sobre a qual ninguém sabe onde ou por quem foi concebida, os pais se silenciaram sobre as condições de sua vinda como se tivessem vergonha, ou talvez simplesmente porque ninguém arriscaria lhes perguntar.

E no vilarejo, onde pode-se dizer sem engano quem se tornará o quê em função de sua linhagem (origem controlada e rastreabilidade por todos), o mistério de seu nascimento lhe rendeu uma desconfiança geral, às vezes misturada com hostilidade.

Os mais extravagantes rumores relativos aos seus eventuais progenitores circulam constantemente, rumores que ligam seu nascimento clandestino a algo sombrio, doloroso e, muitas vezes, infame. De acordo com o último (rumor) do momento, Diego teria nascido de um caso, segurem-se, de don Jaime com Filó, uma doente mental que vive com sua velha mãe chamada Bruja, numa cabana construída na saída do vilarejo.

Como essas duas mulheres bancam a subsistência? Ninguém sabe.

Talvez com uma pequena contribuição de don Jaime, insinua Macario, o sapateiro, no ouvido de Clara.

Você quer dizer que, reage Clara, indignada.

Você me entendeu perfeitamente, cochicha o sapateiro, com ares manhosos.

Com?

Isso mesmo!

Jesus Cristo! Só faltava essa!

E ela deixa o sapateiro para ir propagar instantaneamente a notícia para a Consol que transmitirá, nos cinco minutos seguintes, para a Carmen que etc.

Evidentemente, todos sabem que aquilo não é verdade, todos incluindo os que repetem. Todos sabem que a filha da Bruja nunca ficou grávida, teriam notado, num pequeno vilarejo como esse um tal evento não passaria despercebido. Mas essa versão extravagante continua circulando e encontrando compradores, todos os habitantes do vilarejo a repassam mesmo sem acreditarem nem um pouco nela, acrescentando saborosos e fantasiosos aditivos, sórdidos, se possível. É necessário que você entenda que naquela época, diz minha mãe, os falatórios substituíam a televisão e que a gente do campo, em seu apetite romântico por desgraças e dramas, encontra ali material para sonhos e inflamações.

Mas com os eventos de julho de 36, esse rumor se esvaece, pois coisas importantes de uma maneira diferente estão em jogo a partir de então. Agora o que importa, o que importa descontroladamente, o que importa furiosamente, é classificar as pessoas entre boas e más, de acordo com sua etiqueta política. O que importa acima de tudo, é saber quem é da FAI, quem é do POUM, quem é do PCE e quem é da Falange, pois estes pertencimentos, de agora em diante, triunfam sobre todo o resto e esmagam as nuanças e as contradições dos que as reivindicam.

Na Espanha em guerra de 36, as sutilezas, esquecidas!

O que importa, portanto, é saber que Diego se inscreveu há alguns meses no partido comunista. Para o espanto de todos.

Comentamos demoradamente as razões dessa adesão e rimos muito imaginando a cara que teria feito doña Pura ao ficar sabendo que o sobrinho tinha se aliado aos monstros moscovitas.

Nos perdemos em suposições (diz minha mãe) com aquela psicologia barata, como você diria, que as pessoas cultivam quando estão privadas de distrações elementares.

Nos perguntamos se Diego teria se inscrito no Partido com o propósito de se opor ao pai ou para defender seus interesses. Nos perguntamos se tal gesto traduziria uma tentativa de evasão para fora do domínio dos Burgos ou a preocupação afetuosa de poupá-los de eventuais represálias. Nos perguntamos se seu motivo profundo não se encontraria precisamente nessa concorrência com o pai, a quem ele queria destronar e ao mesmo tempo proteger. Nos perguntamos se ele teria encontrado assim uma forma de reparação de sua infância sobre a qual ignorávamos tudo, mas que supúnhamos desastrosa. Nos perguntamos se seu recrutamento não seria para ele a ocasião sonhada para ganhar condecorações e, finalmente, ser aceito pelos habitantes do vilarejo. Nos perguntamos se ele mesmo conheceria as razões de seu recrutamento e se o tom peremptório com o qual falava não recobriria justamente uma forma de oscilação interior. Nos perguntamos se o temor de que a pureza de sua decisão sofresse com as origens burguesas de seu pai não o levaria a afirmar suas ideias com uma dureza implacável.

De agora em diante, Diego, que sempre se mostrou fugaz e taciturno, toma a palavra no café e em outros lugares com um tom de autoridade e um tipo de violência retida que surpreendeu todo o seu mundo. Ele pontifica. Dá uma de importante. Deleita-se em explicar com a desenvoltura de um Robespierre a situação do momento à luz dos artigos do *Mundo Obrero*. Devorou as fórmulas inflamadas do jornal. Testou seus efeitos no quarto e diante do espelho. E aquelas fórmulas lhe pareceram justas e belas. E as confusas aspirações que sacodiam seu coração não encontraram melhor expressão a não ser por elas. De modo que don Jaime não reconhece mais o filho. E sofre por isso. Na nova doutrinação de Diego e no culto idólatra que tem por Stalin, vê o sinal doloroso de que seu longo trabalho de educação espiritual desabou.

Aliás, desde que entrou para a sua família adotiva, Diego parece ter a intenção de puni-la e de entristecê-la. Quando criança, era sombrio, carrancudo, recusava ferozmente todos os gestos de ternura como se uma força terrível os impedisse.

Adolescente, um rancor rabugento, incompreensível, o anima, uma espécie de ódio mudo, de animosidade retida contra as coisas e os seres, o que o leva a supor que um evento irreparável aconteceu em sua vida antes mesmo que ele conhecesse os tormentos dos adultos. Possui palavras que machucam. Já conhece os poderes delas. É precoce.

Mas como ele não ousa expressar sua violência contra o pai, a direciona contra a madrasta, de quem imediatamente adivinhou em seus olhos a fraqueza, algo quebrado. E basta que ela se expresse para que ele tome, rápida e furiosamente, o caminho oposto.

Você não é minha mãe, lança sobre ela, com os olhos impiedosos, à menor de suas observações.

Você não tem nenhum direito sobre mim, diz ele em um tom de voz perverso, por exemplo, se ela lhe pergunta sobre os múltiplos do grama ou sobre a conjugação do verbo ser.

E quando era obrigado a receber beijos antes de ir se deitar, ele enxugava a bochecha, ostensivamente, e doña Sol mordia os lábios para não explodir em lágrimas.

Isso vai terminar mal, muitas vezes dissera Justina (a empregada que doña Pura mandou embora sob o pretexto de que cheirava à cebola, as causas verdadeiras da demissão continuam até hoje desconhecidas).

Doña Sol não ousa reclamar do comportamento da criança para o esposo por temer agravar ainda mais o ressentimento. Mas, por uma evolução implacável, o pequeno Diego eleva cada vez mais o tom contra a madrasta. Ao ponto de lhe dizer Cala a boca ou Boca fechada ou Vá se foder, mal lhe dirigindo a palavra, com aquela crueldade de que são capazes as crianças.

Mas o que você tem meu querido? pergunta-lhe doña Sol, implorando com os olhos.

Não me chame de teu querido! berra Diego.

E doña Sol, com a aparência vencida e os lábios que tremem, continua se calando e retendo o choro. Don Jaime não vê ou finge não ver a animosidade de seu filho em relação à esposa. Por outro lado, ele se preocupa com a mediocridade de seus resultados escolares, depois se consola pensando que mais tarde será ele quem cuidará das terras.

No entanto, Diego rapidamente afirma que odeia o campo. Odeia esse buraco perdido que detém o recorde do vilarejo mais retrogrado da Espanha, diz isso com uma certa maldade na voz. Não quer mofar ali como aqueles caipiras, sem outro interesse na vida que não fosse o preço do quilo da azeitona, os estragos do granizo ou a colheita atrasada das batatas. Ele não quer se parecer com o capataz, banhado com água de Colônia aos domingos para contra-atacar o odor de esterco, ainda menos com o Peque que se enche de brilhantina na falta de coisa melhor. Aliás, ele odeia todos os camponeses que o veem como um señorito nascido com a bunda virada pra lua, ele que recusa ferozmente ser um filhinho de papai, ele que acaba justamente de esquecer seu papai, ele que acaba de esquecer seu nascimento, ele que acaba de esquecer a grande família dos Burgos e construir um destino que proceda apenas de si mesmo.

E sua relutância em assumir um patrimônio ao qual quase todos aspiram em seus sonhos mais fantasiosos é uma ofensa aos camponeses do vilarejo, eles que não possuem nada. Que ele seja odioso com sua madrasta e de personalidade fechada ainda passa, é preciso esperar de tudo de uma criança vinda de não se sabe onde, talvez nem mesmo da Espanha; que ele tenha os cabelos vermelhos como um indígena de Dakota, pode-se admitir; mas que ele recuse ocupar as terras de seu pai que são as que, de longe, rendem mais, isto não! não! e não! Os camponeses são unânimes,

Diego faz tipo. Orgulhoso demais.

Mas quem ele pensa que é?

A quem ele puxou?

Essa é a questão.

Parece que ele fica até às 9 horas da manhã na cama, limpando as unhas e lendo livros de Karl Marx!

De quem?

De um profeta russo que quer enforcar todos os ricaços como o pai dele, quer que eu desenhe?

Ao invés de fazer alguma coisa.

Enfim, isso não é da nossa conta.

Ele está com que idade agora?

Uns vinte.

Mesmo assim, já era hora de aprender com os erros.

Para mim, o verme está na fruta e quando o verme está dentro da

Dá para ver por sua

Pobre pai!

Pode-se dizer que ele faz questão de jogar isso na cara do pai!

Isso!

Mas Diego não está perto de perdoar sua infância calamitosa a quem considera como seus falsos pais e cujo legado constitui para ele um presente não merecido, uma herança indevida que o destrói, a inclusão numa história na qual se sente sempre o intruso.

Ele quer se tornar alguém, ser alguien, mas somente por sua própria vontade e seu próprio mérito. Sobre os privilégios conferidos por sua ascendência, ele só pensa em se desfazer deles. E por mais que o costume e a lei queiram que ele se dedique à propriedade paterna da qual é o único herdeiro, por mais que sua tia doña Pura, com uma satisfação e com um nariz empinado que ele acha obscenos, não pare de repetir que ele é um Burgos, ou seja, uma casta, um apanágio e uma elite, tantos títulos que república alguma poderia conferir e com os quais ele deve perpetuar a tradição, ele recusa violentamente a ideia de ser o herdeiro disso. E don Jaime, que nutriu por Diego o sonho de que ele o desse continuidade, está muito infeliz.

No mais, em 1936, quase todos os pais do vilarejo estão infelizes, pois seus filhos não querem mais a Santa Espanha deles. Não querem mais suportar o peso da censura com o qual o padre don Miguel os esmaga e tentam se aliviar dela urinando nos gerânios de seu jardim ou, na hora da missa, com risos abafados, estragando o Padre Nuestro: Puto Nuestro que estás en el cielo, Cornudo sea tu nombre, Venga a nostros tu follón, Danos nuestra puta cada día, y déjanos caer en tentación... Não querem mais religiosas de tom de pele cor de vela que ensinam às meninas a quem dão instruções que um diabo luxurioso se aninha entre as pernas delas. Não querem mais que aqueles trabalhos nas lavouras que mal lhes dão com o que pagar duas copitas, ou melhor, a verdade obriga a dizer, seis ou sete, enfim, digamos oito ou dez, no café mantido por Bendición e seu marido gordo, aos domingos no fim da tarde, antes da sopa.

E aqueles filhos, cujos desejos não encontram nenhum lugar no universo moribundo de seus pais, maldizem esses últimos, repudiam seus valores e a boca sarcástica lhes joga na cara coisas fantásticas que eles não podem conceber. A História, minha querida, é feita desses enfrentamentos, os mais cruéis de todos e os mais infelices, e nenhum pai do vilarejo, nem o pai de Diego e tampouco o de José, está protegido da justiça imanente por não obedecer aos decretos da justiça dos homens (diz minha mãe em um francês tão sofisticado quanto enigmático).

O pai de José fica ainda mais triste quando seu vizinho Enrique acaba de lhe contar que o filho estava festejando com os sindicalistas, um grupo de tresloucados que se diz rebelde e passeia pelo vilarejo com um lenço vermelho e preto em torno do pescoço se gabando! Que vergonha!

Vou colocar as ideias desses pirralhos no lugar.

Ele vai compreender sua dor, exclama o pai.

Viu partir para Lérima um filho trabalhador, respeitoso, ajuizado, com os pés no chão e que caminhava nos trilhos.

E quem ele encontra? um deslumbrado, um indócil medio loco con la cabeza llena de tonterías.

Foi em Lérima, irrita-se o pai, que enfiaram essas babaquices na cabeça dele. Vou arrancar isso dele, estou te dizendo, essas idiotices desse mocoso[6].

Você faz muito bem, diz o vizinho. Antes que ele

Foi em Lérima, repete o pai, que lhe enfiaram essas mentiras goela abaixo: suprimir o dinheiro, coletivizar as terras, compartilhar o pão, todos esses delírios. Dá para acreditar que o drogaram.

O pior, diz o vizinho, é que o teu filho e os amigos dele dizem para quem quiser ouvir que eles farão a revolução no vilarejo.

Que imbecis! exclama o pai. Vou dar uma sova neles!

Para coroar a situação, o vizinho lhe conta que o padre de D., um povoado nas proximidades, foi encontrado num olival com o crânio esmagado a golpes de pá e que acharam o sacristão de M. com o corpo despedaçado e um crucifixo enfiado no cu. E quem fez isso? Esses bandidinhos da CNT!

Que vergonha! diz o pai. Vou dar na cara dele! E ele se sente tão arrasado com o que acaba de ficar sabendo que vai direto para o bar comandado por Bendición e seu marido gordo. Ele vai jogar uma par-

[6] Em espanhol, pirralho. [N.T.]

tidinha de dominó e mandar ver um licor de anis, ou dois, ou três, ou quatro, ou dez se preciso, ele tem uma grande necessidade de se acalmar, e o café de Bendición é o único lugar do vilarejo de revigoramento digno desse nome. Depois da associação de caçadores.

São dez horas da noite quando o pai volta para a casa, devidamente revigorado.

Ele sobe pesadamente as escadas, titubeia até a mesa e cai sobre a cadeira onde acaba se estabilizando. É o sinal que a esposa e os filhos esperam para ter a vez de se sentarem.

A mãe traz a sopa. O pai é o primeiro a ser servido, José é o segundo, Montse, a terceira e a mãe por último, seguindo uma ordem imutável.

O pai está fedendo a álcool.

Está propenso à queimação.

As queimações são o único momento em que as palavras lhe vêm.

E suas palavras, nessa noite, ainda que pastosas, lentas e mal articuladas e mesmo assim concatenadas, são terrivelmente solenes.

Depois de ter traçado uma cruz no pão com a ponta da faca, ele se levanta e declara, tentando ficar em pé e sem olhar para ninguém, que não tolerará quem quer que seja que comprometa a honra de seu nome por conta de ideias irresponsáveis da (procura por um instante no poço de sua memória a denominação perigosa) da CNT. Este é um anúncio público, acrescenta ele, se arrependendo rapidamente do comentário que não combina com o contexto trágico da cena.

Em seguida, com o olhar pesado fixado na sopeira, fazendo um esforço visível para concentrar seu pensamento, adverte que não deixará que ninguém no mundo lhe tome o pouco de terras que possui para dar aos preguiçosos e aos incapazes. Bate o punho sobre a mesa, Y aquí mando yo!

A mãe fica com uma cara de drama.

Montse para de respirar.

Quanto a José, de repente, sua cor fica pálida, o queixo treme ligeiramente, ele articula lentamente o que Montse jamais esquecerá: Eu nunca faltei com o respeito ao senhor (José e Montse tratam os pais respeitosamente) mas hoje eu peço que faça o mesmo por mim.

É a primeira vez na vida que José enfrenta o pai, a primeira vez que desafia sua autoridade.

Santísimo Jesús, sussurra a mãe, com o rosto aterrorizado.

Montse sente subitamente uma alegria irreprimível que não sabe de que maneira dissimular.

O pai, desconcertado por um instante, repete com uma voz forte: Aquí mando yo! E mostrando a porta Y a quien no le guste, fuera!

Senta-se novamente de forma bruta para não colocar ainda mais em perigo seu equilíbrio e acrescenta com majestade: Yo la revolución me la pongo en el culo.

Depois se cala, o cérebro nebuloso se recusa a sugerir outras palavras para a ocasião.

José se levanta empurrando violentamente a cadeira.

O pai continua grudado à mesa, sua embriaguez o impede de deixá-la e faz um gesto aproximativo com a colher cheia de sopa que espera seu destino diante de perigosas oscilações.

Montse e a mãe terminam a refeição, com o coração batendo rapidamente e sem pronunciar uma palavra.

Eu odeio esse facha, diz José à Montse, assim que ela o encontra na cozinha.

Montse desata a rir. Os ataques de raiva de José, há alguns dias, lhe fazem um bem imenso, ela não saberia dizer por quê.

Ele bem que podia morrer, diz ele.

Não diga isso, diz Montse.

Vou dar o fora daqui, diz ele, deixar esse ninho de ratos.

Se você for embora, papai vai te matar, diz Montse.

Aquele nazi, diz José.

E Montse novamente desata a rir.

Na manhã do dia seguinte, José, que recobrou o seu bom humor,

Você gosta de Jesus, mamãe?

Que pergunta! (A mãe está ocupada amassando o pão.)

Será que vocês dizem no catecismo que ele era anarquista? (Ele tem prazer em provocá-la.)

Sente-se direito, você vai quebrar a cadeira, ordena a mãe.

Que ele disse, por exemplo, Vocês não podem servir a Deus e ao dinheiro?

A cadeira! repete a mãe.

É tipicamente um slogan anarquista.

Você vai acabar quebrando!

Por acaso alguém te disse que Jesus era defensor da partilha das riquezas e da justa distribuição?

Santíssima Virgem! grita a mãe, não diga besteiras!

Montse solta um riso jovem.

A mãe alterna o olhar para José e Montse para lhes pedir explicação a respeito de palavras e comportamentos tão chocantes.

E você também, você está incluída! se indigna a mãe olhando para Montse. Mas o que eu fiz ao bom Deus?

José, para convencer a mãe, vai buscar a Bíblia de lombada esverdeada no quarto dos pais.

Ele lê em voz alta: Atos dos Apóstolos. Ato 3. Vida da primeira comunidade cristã. 44 — Todos os que tinham se tornado crentes estavam unidos e tinham tudo em comum. 45 — E vendiam suas propriedades e bens e os repartiam por todos, segundo a necessidade de cada um.

José triunfando,

Então?

A mãe, abalada,

Besteira.

Mas está escrito com todas as letras na Bíblia! grita José. Está escrito, coño, leia!

Besteira, continua a mãe com o rosto fechado.

Faz parte da História santa e a senhora diz que é besteira!

José! grita a mãe em um tom exasperado de quem não pode suportar mais palavras de blasfêmia.

É assim que são os católicos! diz José radiante virando em direção a Montse. Mas vamos ser mais católicos que os católicos, vamos criar uma comuna livre que tomará o controle da antiga propriedade burguesa, sinto a obrigação divina, diz ele, fingindo parecer inspirado por Santa Teresinha do Menino Jesus.

Senhor, suspira a mãe, o que ele me faz ouvir!

Isto se chama revolução, responde José, feliz.

Você está me deixando louca, diz a mãe.

Deixe ela em paz, clama Montse, não está vendo que ela está ficando com medo de você?

Se te escutam, vão te colocar na prisão, diz gemendo a mãe que não compreende nada das ideias emergentes que perturbam o filho e para quem siglas como CNT ou FAI designam coisas obscuras e perigosas que levam os homens a lutarem entre si, y nada más.

José cai no riso.

Montse também.

Montse não sabe dizer o porquê, mas tudo o que o irmão diz desde que voltou de Lérima, que deixa o pai bravo e a mãe preocupada, a faz ficar alegre.

Montse, assim como o irmão, até então, não sabe nada sobre os crimes dos quais Bernanos é testemunha aterrorizada em Palma. Bernanos não pode mais fechar os olhos diante da evidência. E a simpatia que ele tinha pela antiga Falange (a de Primo de Rivera que ele recusa confundir com a Falange de 36, que se deixou manobrar por alguns generais "semeadores de traições"), aquela antiga Falange que professava antes da guerra o mesmo desprezo em relação ao exército traidor ao rei que diante do clero "especialista em barganhas e manobras fraudulentas" e à qual seu filho Yves aderiu no entusiasmo, sua simpatia, eu dizia, não pode poupá-lo desta constatação: a depuração feita pelos nacionalistas com a benção imunda do clero é cega, sistemática e causa Terror.

Ele ainda hesita em dizer.

Ele ainda hesita em dar o próximo passo.

Ele sabe que uma vez dado, terá que ir até o fim, custe o que custar. E esse projeto esgota sua alma.

Mas os fatos estão aqui: não eram nem quinhentos falangistas em Palma antes do pronunciamiento, são agora "quinze mil graças ao recrutamento escandaloso organizado pelos militares" com a direção de um aventureiro italiano chamado Rossi, que fez da Falange "a polícia auxiliar do exército encarregado do trabalho sujo".

E essa nova Falange de 36 aterroriza a população palmesana. Exemplo. Alguns dias depois do golpe de estado, duzentos habitantes da cidadezinha de Manacor foram julgados suspeitos, "retirados de suas camas em plena madrugada, conduzidos em grupos ao cemitério, executados com uma bala na cabeça e queimados em montes um pouco mais longe".

O bispo-arcebispo de Palma delegou a um dos padres de saiote, com grandes sapatos que enxarcam no sangue, distribuir os perdões entre duas fossas, depois traçar na testa dos mortos, com o óleo consagrado, a cruz que lhes abrirá as portas do Céu. E Bernanos destaca: "Observo simplesmente que este massacre de miseráveis sem defesa não causará uma só palavra de reprovação nem a mais inofensiva reserva das autoridades eclesiásticas que se contentaram em organizar procissões e atos de ações de graças."

No dia 23 de julho de 1936, José está na assembleia geral que acontece no Ayuntamiento. Ele se sente em plena forma. É o dia D da revolução. É um assunto sério.

Antes disso, ele tinha ido buscar seu amigo Juan que mora bem no alto da calle del Sepulcro, uma encosta assim, diz minha mãe inclinando a mão, uma pirambeira, você inventa palavras agora? diz minha mãe que se diverte com a palavra.

José e Juan fizeram amizade em Lérima, onde desde os quatorze anos iam trabalhar como diaristas todos os verões, cumprindo as mesmas tarefas que os adultos. Foi lá, na imensa propriedade de don Tenório, que descobriram as ideias libertárias e, com um entusiasmo indescritível, participaram da formação da comuna agrícola.

Os dois estão com dezoito anos.

Os dois nasceram em um vilarejo onde as coisas se repetem infinitamente de forma idêntica, os ricos em seu esplendor, os pobres em sua dor; um vilarejo autossuficiente e limitado, onde a autoridade dos antigos é tão intocável quanto a fortuna dos Burgos, onde o destino de cada um é notificado desde o nascimento e onde nada jamais acontece a quem carrega um pouco de esperança, um pouco de sopro, um pouco de vida.

Os dois cresceram em um local isolado do mundo, percorrido somente por asnos melancólicos e os dois automóveis que o vilarejo possui: a caminhonete caindo aos pedaços do pai de Juan, que vende os legumes na cidade, e a Hispano-Suiza de don Jaime; um buraco perdido onde ainda nem televisão nem trator nem motocicleta apareceram, que não dispõe nem ao menos de uma agência dos correios, onde o médico mais próximo se encontra a trinta quilômetros e onde se tratam queimaduras com sussurros e as outras doenças com óleo de rícino ou bicarbonato de sódio.

Os dois trabalharam em um mundo lento, lento, lento como o passo das mulas, um mundo onde azeitonas são colhidas à mão, onde o arado é empurrado com a força dos braços e onde se enche o jarro de água na fonte.

Os dois colidiram com a autoridade dos pais, por tradição, severos, por tradição, devotos da educação dos filhos a golpes de cinta, convencidos, por tradição, de que as coisas devem continuar para sempre como são e fechados, por tradição, ao diálogo pai-filho, as palavras paternais operam de acordo com a lógica implacável do "é dessa forma e não de outra", a única que conhecem e que estimam justa.

E, bruscamente, em Lérima, os dois descobrem teses que se opõem furiosamente àquela visão imutável que pensavam que fosse a única concebível.

Aprendem que as coisas podem ser abaladas, desfeitas, colapsadas. Que se pode recusar os discursos costumeiros sem que o mundo desmorone. Que se pode dizer não aos pedantes, aos arrogantes, aos tiranos, aos submissos, aos covardes. E varrer tudo, porra, varrer tudo, varrer toda essa miséria que abominam.

E a vitalidade natural deles é atraída por esta onda tempestiva que derruba tudo pelo chão e faz reivindicar seus desejos.

Eles se deixam levar por essa enchente.

Eles sonham com atos de desobediência, insolências grandiosas, coisas imensas e desconhecidas que se estenderão além de suas vidas e marcarão a História. Acreditam em uma revolução completa dos pensamentos e dos corações. Acreditam nesse encantamento.

Dizem que agora sabem onde colocar a coragem deles. Eles dizem que não suportarão mais deixar seus desejos em suas próprias portas, como un paraguas en un pasillo. Que os pais coloquem isso na cabeça! Acabaram-se os medos e as renúncias!

¡QUEREMOS VIVIR!

Uma multidão está na grande sala do Ayuntamiento, ainda mais gente do que nas festas da Semana Santa. Quase todos os homens do vilarejo deixaram as plantações antes da hora, e alguns, para honrar aquele primeiro dia da revolução, vestiram suas roupas de domingo.

Entre os camponeses presentes, alguns são, como o pai de José, proprietários de pequenos terrenos, a maioria aluga suas terras para don Jaime Burgos, e os mais pobres são trabalhadores rurais diaristas.

Decididamente, a cotoveladas e Con permisso, José e Juan cortam a multidão e conseguem subir no palanque.

José toma a palavra.

É a primeira vez em sua vida.

Diz as grandes frases bíblicas que ouviu em Lérima e que leu no jornal *Solidariedad Obrera*.

Diz Sejamos irmãos, dividamos o pão, compartilhemos nossas forças, criemos uma comuna.

Todos caem na dele.

É teatral. Romântico de morrer. Un ángel moreno caído del cielo.

Ele diz Não queremos mais essa putaria dos proprietários que fazem a nossa vida ser miserável e embolsam o dinheiro dos nossos suores. Nós temos forças que eles não podem imaginar. Chegou o momento de mobilizá-las. Hoje, nós queremos viver de outra maneira. E isto é possível. Tornou-se possível. Nós queremos viver de tal forma que ninguém pise em ninguém, que ninguém cuspa em ninguém, que ninguém diga a ninguém *Você tem uma aparência bem modesta* no propósito de diminuir a pessoa e melhor enganá-la (minha mãe: eu fiquei arrepiada). E nós não ficaremos calmos com alguns ossos e alguns afagos. A miséria acabou. La revolución no dejará nada como antes. Nuestra sensibilidad se mudará también. Vamos a dejar de ser niños. Y de crer a ciegas todo lo que se nos manda.

Chuva de aplausos.

Em Lérima, para onde fomos trabalhar em maio para os cabrones, os cabrones sofreram (risos).

Acabamos com tudo, fomos pra cima dos exploradores e fundamos uma comuna livre. Podemos fazer a mesma coisa aqui. Quem nos impede?

Os camponeses ficam entusiasmados.

José fica mais agressivo. Estão tomando o que, por direito, pertence a vocês pelo trabalho. É injusto. Todo mundo sabe que é injusto.

Aplausos.

É digno que um homem trabalhe como uma besta por algumas pesetas? Não poderíamos inventar uma vida diferente? Não poderíamos abandonar o pensamento que quer que desejemos que nossas azeitonas sejam maiores do que as do vizinho?

Gargalhada geral.

Para os grandes momentos, os grandes meios, disse ele, como se tivesse ouvido isso em Lérima: Vamos retomar as terras que nos roubaram, vamos coletivizá-las e reparti-las.

A proposta é aclamada em meio ao delírio.

Um camponês levanta o dedo e pergunta com uma ingenuidade dissimulada:

E quanto à coletivização das mulheres?

Nova gargalhada.

O espírito é de alegria.

Somente o pequeno grupo formado pelo pai de José e alguns de seus amigos pequenos proprietários e o grupo formado por Diego e seus dois camaradas comunistas não parecem compartilhar da euforia generalizada.

Diego tem o sorriso malicioso dos que enxergam as coisas antes do fracasso que está por vir.

Decide falar.

Anuncia que toma a palavra em nome dos que moram em um mundo real, y no en las nubes, não nas nuvens.

Diz que a decisão de coletivizar as terras é precipitada demais e que graves consequências poderiam decorrer disso.

Diz Mollo, diz Prudência, diz Ordem Pública, diz Realismo, diz Esperar, diz

Mas a vermelhidão de seus cabelos, sua pele branca, seus ombros franzinos e a frieza de suas propostas o deixam, singularmente, sem atrativos e quase ninguém naquele momento o escuta.

Antes que ele pudesse desenvolver seus argumentos, mas onde esse idiota está se metendo?, José toma a palavra com veemência. Propõe não somente confiscar as terras dos mais abastados, mas também queimar todos os registros cadastrais e todos os títulos de propriedade para fazer uma grande fogueira, quem é a favor?

Um mar de braços se levanta.

Proposta aceita.

Os títulos de propriedade serão queimados dia 27 na praça da Igreja.

Aplaudem. Explodem de alegria. Felicitam-se. Os mais taciturnos se entusiasmam. Os menos favoráveis às ideias de José, mas que perceberam muito rapidamente de onde o vento soprava, se convertem bruscamente e começam a falar mais forte e mais acaloradamente que os outros. A questão que continua a ser discutida é a seguinte, conclui José, assim que a calma volta: é necessário repartir as terras em lotes iguais ou em função do número de bocas para alimentar?

Uma próxima reunião é prevista em seis dias para decidir o assunto.

No dia seguinte, o vilarejo inteiro está efervescente. Bandeiras vermelhas e pretas são penduradas nas janelas, slogans são invocados, as pessoas estão agitadas, gritam, gesticulam, estão boquiabertas, caem sobre os raros números do *Solidariedad Obrera* que chegam ao vilarejo e se irrigam com frases de lirismo torrencial: *La gran epopeya del proletariado ibérico, La marcha triunfal de los milicianos del pueblo, La palpitación histórica que resuena en todos los pechos y la magnífica unión de los camaradas de lucha tan sublime y esperanzadora...*

Dois dias depois, o entusiasmo lentamente se desfaz. Acalmam-se. Meditam. Dão meia volta, durante a partida de dominó, face aos descontroles impulsivos de ontem e à alegria pueril que se apoderou dos pensamentos. Seja como for, se recompõem. E por mais que ninguém ouse se declarar abertamente hostil às medidas propostas por José, uma resistência silenciosa ou mal confessada começa a se manifestar. Macario, o sapateiro, de todos o mais relutante, lamenta, duplo seis, que as decisões tenham sido votadas precipitadamente: demasiado adelantadas!

Diego, o filho de don Jaime, com os braços apoiados no bar, adere à opinião.

Olha! O ruivo está falando? Ele tem língua? Agora essa! O que ele, o filho dos Burgos, está dizendo? Piscada de olho amigável do cabeleireiro para a multidão.

Ele está dizendo, fala Diego que acolheu o sorriso dessas observações sobre sua pessoa, ele está dizendo que é necessário manter a cabeça fria, ele está dizendo que impor a coletivização é de uma idiotice sem tamanho e que dar uma de herói anarquista ou algo do gênero estragará tudo e vai nos ferrar, é se privar do apoio da Europa que caga de medo com a ideia de uma revolução.

Ou por acaso você acha que a Europa nos ajudaria talvez somente pelos nossos belos olhos? pergunta Manuel (um cenetista do grupo de José), por acaso você acha que a Europa é idiota o bastante para vir aqui receber bala por causa da porra das nossas belas caras?

Estou simplesmente dizendo, responde Diego friamente, que não é preciso assustá-la com bakunismos de idiotas. Não vale a pena.

Ele não está errado, o pequeno, diz Macario. Ele tem cabeça, o cara. Pela idade.

Três dias depois, totalmente sóbrios e ressentidos de terem cedido à embriaguez, os camponeses deixam escapar suas dúvidas e suas crescentes preocupações. E no café de Bendición a dialética pega fogo, tanto que os homens, diante de suas fileiras de dominós, não têm nem um pouco cabeça para o jogo. Declamações, controvérsias, pego outra peça, objeções, obscenidades, palpites estarrecidos, compro do monte, desenvolvimentos socráticos, impulsos cervantescos, duplo quatro, falas apaixonadas contra os exploradores, considerações atenuantes, é a sua vez, brincadeiras céticas, é a vez dele ou não é, apostas e contra apostas se sucedem ou se interpenetram, ritmadas por coño espirrados a cada duas frases e, para reforçar o assunto, por Me cago en Dios ou Me cago en la puta madre, muitas vezes reduzidos com mais eficácia por um Me cago en, ponto final.

Duas constatações emergem desses tumultuosos debates:

1 — os mesmos que votaram fervorosamente pela decisão agora se preocupam fervorosamente com as consequências,

2 — o número de contrários à coletivização, em fase constantemente ascendente, em um só dia, passa de dez a trinta.

Quatro dias mais tarde, as línguas mais moles, revigoradas pela atmosfera elétrica, se encarregam de palavras duras.

Todos ou quase todos agora pedem pela ordem, disciplina e um pulso firme, pelo amor de Deus, pelo amor de Deus.

Eles são, obviamente, favoráveis à revolução, quem duvidaria?, mas desconfiam dos instigadores de desordens que trazem teorias estúpidas concebidas por alguns Orientais de mente perversa.

Dizem que são os bandidinhos que empesteiam as cidades os que primeiro dela se apoderaram.

Dizem que José, em Lérima, andava com eles, no me extraña.

Que deixou seu pobre papai em desespero.

É original.

Um iluminado.

Que ele acredita na felicidade universal.

Que horror!

Que ele acredita nas famosas comunas, que os homens se tornarão bons, leais, honestos, generosos, inteligentes, agradecidos, corajosos, calmos, bondo[7]

E o que mais! (risos)

Que todos os conflitos desaparecerão como se fosse um milagre.

Qué aburrimiento! (risos)

Que não vamos mais nos masturbar e que todos os dias serão domingo!

Ah, não! Tenha piedade! Ficar super entediado sete dias por semana esperando morrer!

Que os mortos ressuscitarão (risos) e milhares de outros prodígios parecidos (risos).

Que José e seu bando são adeptos do divórcio.

Madre mia!

E da poligamia!

Da poli o quê?

Do direito de transar com dez putas ao mesmo tempo.

Nada menos.

Que aquelas comunas encantadoras, nas quais reinará o amor livre entre seres puros como o orvalho da manhã, são na verdade apenas delírios de tarados que têm fogo no rabo e nada mais (acabam sempre em algo sexual, o assunto não sai da cabeça, extremamente).

Aliás, pergunta maliciosa, José é um tío especial: ninguém sabe se ele tem novia, é estranho, será que ele é bicha?

Resumindo, alegam cem razões, das mais ilusórias às mais absurdas, com a simples finalidade de se desmentir. Antes de soltar o argumento massivo: Quem é tão burro que acredita que podemos ficar sem um chefe com culhões, sem correr o risco de nos matarmos? Que

---

[7] No original: *bienv* (não termina a palavra) [N.T.]

na verdade é: sem dinheiro e sem poder, como distinguir os importantes dos demais?

E todas essas relutâncias às ideias de José, expressas abertamente, os unem, como a ideia da revolução os havia unido alguns dias antes.

Quatro dias depois, as hesitações ditas pela metade se expressam com toda a força.

No quinto dia, todos ou quase todos renunciaram.

No sexto dia, da segunda assembleia, o salão está cheio pois é a ocasião para ratificar a retirada.

Pela primeira vez e para o espanto de alguns, as mulheres foram convidadas para a festa, umas fulminantes, outras atraídas por brigas, a maioria temendo que o marido se apaixone por utopias, e as mais pobres, as menos desfavorecidas, as mais infelizes, querendo ter uma palavra a dizer sobre o caso, e a palavra é: Parem!

É o próprio pai de José e Montse quem primeiro tenta expressar seu desacordo com as decisões tomadas na semana anterior, correndo o risco, diz ele rindo, de ser fuzilado pelo filho (risos no salão).

Diz que trabalhou duro a vida inteira para que sua terra desse frutos, que a tem como a menina dos olhos e que lhe parece sensato esperar que a guerra esteja ganha antes de vislumbrar medidas mais, digamos menos, enfim menos extremas (murmúrios de aprovação).

Depois é a vez de Diego de tomar a palavra.

Tem o tom abrupto, severo e sério de um ministro. Quer mostrar que tem firmeza. Quer mostrar que é um hombre con huevos: vocabulário rude, domínio das emoções e discurso comedido para marcar bem a sua diferença em relação aos excitados de vermelho e preto.

Ele não é favorável aos projetos demagógicos e ao folclore revolucionário. Todo o bláblábláromântico-púbere (expressão lida no *El Mundo Obrero,* sua loja de ideias), as grandes frases pomposas que não passam de um espelho para as cotovias libertárias (expressão lida no *El Mundo Obrero*), as famosas fabulações que fazem os ingênuos acreditarem no brilho de mentiras de paetês (expressão lida em *El Mundo Obrero*), as promessas mirabolantes e constantemente adiadas dos mercadores de ilusões, ele desconfia da própria sombra.

Toda essa verborragia sem relação com a realidade corre o risco de levar o vilarejo em direção a um desmadre (a palavra, intraduzível, causa muito efeito sobre a população camponesa).

É necessário colocar um holà. São apenas projetos aventureiros que enaltecem a esperança naquele momento, mas que acabam em desastre.

Por un provecho mil daños, para um bem mil males, garante ele com aquela aparência de gravidade que impressiona com uma espécie de entusiasmo frio.

Aqui está o que é devido.

Os camponeses acenam com a cabeça.

Ele pretende satisfazer as necessidades do povo (tenho a sensação de ouvir nossos, digo. São os mesmos crápulas, diz minha mãe). E para isso, manter os pés no chão, ser realista (a palavra realista dá uma forte impressão), esfriar o impulso idealista, demonstrar maturidade política, por Dios. Toda a retórica do medo, murmura José, tremendo de raiva.

Diego constatou que há alguns dias uma desordem lamentável reinava no vilarejo, para ser sincero, uma verdadeira bagunça, mas ele, ao invés de apostar como alguns fazem (porra, vou acabar com a cara dele, murmura José), ele aconselha remediar. Ordem. Rigor. E disciplina. Sem eles, nada é possível. Aplausos recebidos.

José, furioso e desconcertado, decide, então, ser ouvido. Esforçando-se para esconder seu desespero e conter os batimentos do coração, lança as grandes palavras mágicas Comuna, Justiça, Liberdade, as grandes palavras que perturbam e que fincam os corações nos primeiros dias de uma revolta, mas que se deterioram rapidamente assim que se abusa delas. E é o que acontece. Essas palavras não brilham mais e não desencadeiam mais o entusiasmo inicial. José comoveu nos dias anteriores por suas falas magníficas, hoje é Diego quem impressiona por um bom senso do qual poucos suspeitavam (el tiempo hace y deshace, un tal gusta un día y disgusta otro día, hay que acostumbrarse, comenta minha mãe que, algumas vezes, fala como um publicitário).

Diego agrada tanto que acaba de anunciar uma coisa tão maravilhosamente sensata: que aqueles que queiram coletivizar coletivizem e aqueles que prefiram continuar como antes, que continuem como antes. Isso é algo que deveria contentar a todos. Isso se chama senso político. Uma coletivização total, diz ele, é prematura, até mesmo perigosa. Quanto a queimar os registros de propriedade, seria mais prudente adiar a decisão.

Mas por que esperar? José que queima de impaciência perde a calma.

Com um tom de autoridade, Diego afirma que é necessário, primeiramente, ganhar a guerra antes de fazer a revolução. Qualquer outra decisão, diz ele, seria irresponsável e colocaria em perigo a tranquilidade de todos.

Isso é que é falar!

Os camponeses o aprovam quase unanimemente.

E a reunião termina com essa decisão validada pela maioria: é Diego quem, a partir de agora, tomará as medidas necessárias para que as decisões tomadas em assembleia sejam aplicadas e respeitadas. Ele instalará seu Q.G. na prefeitura, é quem, nesse momento de adversidade, representará uma segurança para a população. Ele garantirá a estrita manutenção da ordem depois da agitação dos dias anteriores e a repressão de todos os atos desrespeitosos aos decretos adotados pela maioria.

Para Diego, esse é o grande momento de sua vida. Sua revanche. Finalmente, vê executado o projeto secreto que, durante meses, durante anos, desejou apaixonadamente: mostrar, primeiramente, a José e seus amigos, em seguida, aos jovens tolos que se acotovelam e riem ao vê-lo e, finalmente, aos grosseiros que o mantiveram afastado durante doze anos e que disseram bem baixinho durante doze anos que ele era um zorro, astuto como un zorro, malo como un zorro y falso como un zorro.

José, cabisbaixo e com o orgulho ferido, diz a si mesmo AMANHÃ AINDA NÃO CHEGOU.

No mesmo dia em que José volta para casa, desamparado pela reviravolta dos acontecimentos do vilarejo, Bernanos vê passar na Rambla de Palma um caminhão carregado de prisioneiros de rostos sombrios e aquela visão de sofrimento que os passantes não parecem perceber, que não provoca nenhuma revolta, que não provoca nenhum protesto, que não provoca nenhum gesto de piedade, aquela visão de sofrimento lhe aperta o peito.

Ele não pode mais ignorar o que sua honra de católico se recusava até aqui a admitir, mas que agora se espalha em plena luz do dia. Pois o que seus olhos veem pesa mais na balança: homens são reunidos "toda noite em aldeias perdidas, na hora em que voltam das plantações". Homens que não mataram nem machucaram ninguém, diz Bernanos. Homens que ele vê morrer com uma dignidade e uma coragem admiráveis. Camponeses honrados, parecidos aos que conhecemos na infância. Camponeses que acabam de obter legalmente a sua república e que estão felizes, este é o crime deles. É o fim do dia. O ar está mais fresco na estrada que conduz ao vilarejo. Um camponês volta para casa, sua sacola no ombro contém a cabaça e o pedaço de pão. Ele está cansado. Tem pressa de chegar em casa e se sentar. Passou o dia todo sacudindo as amendoeiras de don Fernando, um grande proprietário de terras que o emprega durante uma temporada. A esposa colocou as tigelas sobre a mesa e no centro: o pão, o vinho e a sopa quente. Ela acende a lamparina e se senta para esperar o marido cuja presença, com a noite se aproximando, a tranquiliza das sombras escuras que se alongam lentamente no chão. Ela ouve seu andar familiar que reconhece entre mil outros. Mas antes mesmo que o marido tivesse tido tempo de se sentar, uma equipe de depuração, alguns com menos de dezesseis anos, surge na casa e o faz subir atrás de um caminhão. É a última viagem. O último paseo (o último passeio, é assim que se diz).

Às vezes, as equipes de depuração operam em plena madrugada. A coronhadas, homens batem à porta do suspeito ou entram na casa munidos de autorizações. Entram na sala adormecida, vasculham as gavetas da cômoda com gestos histéricos, entram com um pontapé no quarto do casal e intimam o homem, acordado de supetão, com a ordem de acompanhá-los para uma averiguação. O homem, que tenta mais ou menos se vestir, é empurrado em direção à porta, seus suspensórios ficam por debaixo da camisa, é arrancado dos braços da mulher que chora. Você vai dizer para as crianças que eu. A golpes de coronhadas nas costas, o mandam subir atrás do caminhão onde outros homens, silenciosos, estão sentados com a cabeça abaixada, as mãos esticadas em suas calças de coutil. O caminhão balança. Alguns instantes de esperança. Em seguida, o caminhão deixa a estrada e parte para um caminho de terra. Mandam os homens descerem, os colocam em linha. Executam.

Durante meses, escreve Bernanos, "equipes de matadores, transportadas de vilarejo em vilarejo em caminhões requeridos para esta finalidade, executam friamente milhares de indivíduos julgados suspeitos". E o desgraçado do arcebispo de Palma, informado como todo mundo, não deixa de se mostrar, toda vez que pode e como se nada estivesse acontecendo, "ao lado dos executores, dentre os quais alguns têm notoriamente nas mãos a breve agonia de uma centena de homens".

Como se nada estivesse acontecendo, padres distribuem para suas ovelhas imagens da Santa Cruz cercada de canhões (minha mãe guarda uma dessas em sua caixa de fotos).

Como se nada estivesse acontecendo, recrutas carlistas carregando o Sagrado Coração de Jesus costurado em suas camisas, em nome do Cristo Rei, executam homens declarados suspeitos por uma simples palavra.

Como se nada estivesse acontecendo, o episcopado espanhol, vendido aos assassinos, benze o terror que estes últimos instauraram *in nomine Domini.*

E como se nada estivesse acontecendo, toda a Europa católica se cala.

Diante dessa hipocrisia imunda, Bernanos sente uma aversão inominável.

Sinto o mesmo, anos depois.

José saiu atordoado da última assembleia que ocorreu no vilarejo e privado até o momento de qualquer capacidade de reação.

Mas muito rapidamente, ao descer a estreita calle del Sepulcro ao lado de Juan, seu raciocínio se recompõe.

Acreditou, que idiota que eu sou!, acreditou que suas belas ideias ganhariam de qualquer modo. Acreditou que as relutâncias recebidas seriam varridas com um simples gesto. Imaginou, eu sou o rei dos imbecis!, que o ser estava acima do ter (em um artigo de jornal, tinha descoberto as noções de ser e ter que o entusiasmaram). Não considerou, isto destrói meu estado de espírito, não considerou o quanto é grande, para aqueles caipiras, o medo de perder suas cabras e suas espeluncas

Você está esquecendo, é muito importante, a concessão do cemitério (Juan)

era mais importante que o desejo de respirar as rosas vermelhas da revolução (gargalhada irônica e triste).

É a primeira lição que ele tira disso. E que o deixa arrependido.

Ele é obrigado a constatar isso, todas as perspectivas que poderiam lhe abrir o pensamento e o horizonte são um abismo. O que eles querem é o prato na mesa, é o morno, é o imutável. Isso o deprime.

Juan, então, um pouco didático, se lança em uma explicação para essa imobilidade que José, bastante decepcionado, apenas escuta distraidamente. Eu lamento ter deixado você saber, meu querido, que não somente os camponeses daqui se dobram à imobilidade, mas que gostam consideravelmente dela. Gostam dela como gostam do retorno imutável das estações, como gostam de suas oliveiras imutáveis em suas colinas imutáveis, como gostam dos elos imutáveis que os ligam à família Burgos diante da qual imutavelmente se curvam,

Como gostam, isso é o pior, de seus preconceitos imutáveis, diz José,

qualquer novidade, continua Juan, normalmente pouco eloquente, mas que traz o sentimento de que fazer frases tranquiliza um pouco, qualquer novidade, por mais favorável que lhes seja, lhes parece um pecado, uma transgressão dessa ordem imutável que preside suas vidas e (fingindo uma seriedade professoral), e um erro grave quanto a lei da conservação de energia que postula que a energia total de um sistema é invariante no curso do tempo.

Sim, você explica cientificamente, diz José, meio consternado, meio risonho.

Então, apodrecem em sua miséria e se dizem ser obrigados a isso, quando estão enterrados em velhas rotinas, incorporadas por alguns lugares-comuns e quatro ou cinco provérbios de uma estupidez solene.

Mais vale um pássaro na mão do que dois voando, resmunga José com uma voz piegas.

Você está se perguntando, meu amigo, por que a revolta das Astúrias de 1934 não causou entre eles os movimentos que despertou em outros lugares? É porque, eu avanço a hipótese, é porque o entusiasmo geral que recebeu a Proclamação da República se transformou para eles nessa convicção de que o novo regime não mudaria nem um pouco suas vidas.

Além disso, eles dizem que o conforto americano, eles não vão querer saber de

Mas não é nada disso que estamos propondo para eles! se indigna José, e ele começa de repente a caminhar mais rapidamente enquanto a raiva estimula seu pensamento.

Os dois passam no mesmo momento diante da grande casa dos Burgos e a indignação de José se volta então contra Diego, aquele filho de burguês que ludibriou todo mundo.

O ruivo vai estragar tudo. Estou sentindo que ele vai estragar tudo, aquele filho da puta.

Você viu como ele os fez dormir, como ele acalentou a credulidade deles com aqueles Atenção, Vamos nos acalmar, Mollo, Não perdemos nada em esperar, toda essa porra de falsa sabedoria. Que estrume!

Bem feito para a cara daqueles babacas!

Caíram na rede, estão fritos.

Que bando de otários!

Que burros!

Por favor, não fale mal dos nossos burros!

Só entendem a ereção, não só na política, mas em tudo.

Com o ruivo, eles estarão garantidos!

Que le den por culo!

Isto me enoja.

Que se danem aqueles grandes babacas.

Temos que sair desse buraco.

E é nesse momento preciso que José cria o plano de deixar o vilarejo.

Expõe a seu amigo o projeto que acaba de surgir em alguns segundos em sua mente: eles vão partir para a cidade grande com a caminhonete do pai de Juan, se alojarão alguns dias no apartamento dos Oviedo, onde sua irmã Francisca trabalha como empregada, e depois vão se alistar na coluna Durruti para retomar Saragoça dos patifes dos nacionalistas.

Em sua última carta, lida por Montse aos pais (que não sabem ler), sua irmã Francisca explicava, não sem orgulho, que seus dueños tinham acabado de fugir da cidade, deixando com ela, por tamanha confiança que tinham, as chaves do apartamento. Os dueños dela eram muito ricos. O senhor era o patrão de uma fábrica de biscoitos e a senhora, que tinha um nome com hífen, descendia de um ramo de gratinados. Tiveram tanto medo da revolução que, depois de terem escondido suas joias de família sob as lâminas do assoalho e realizado algumas transferências bancárias na Suíça, fugiram com os dedos cheios de anéis de ouro, os punhos cheios de relógios de ouro, para se refugiarem junto à família da senhora, em Burgos, caída nas mãos dos franquistas.

E o futuro tinha confirmado a confiança que os dueños tinham depositado em Francisca, já que, nos primeiros dias de conflitos, quando os milicianos tinham multiplicado as buscas nos apartamentos burgueses e jogado todos os objetos de valor pelas janelas sob o olho impávido da guardia civil, a postura de Francisca tinha evitado a depredação.

Francisca, acampada na beira da porta, tinha declarado, com a cabeça erguida e os punhos no quadril, que seria necessário passar por cima de seu corpo para obrigá-la a trair a confiança de seus senhores, eles que eram bons para ela e que só tinham a aparência de fachas. E sua firmeza tinha impressionado tanto os quatro milicianos que eles desistiram de forçar a porta, apesar do desejo de atacar que deliciosamente os aliviaria e deliciosamente os vingaria.

Deem o fora daqui, tinha dito a eles enquanto desciam as escadas.

O que você está achando?

Formidável!

No dia 29 de julho, José anuncia à Montse que tomou a firme decisão de ir embora de casa. Com a mesma candura que o fez ter esperanças de que seu vilarejo poderia se tornar um dia uma comuna livre, ele agora espera que na cidade industrial homens mais instruídos, mais esclarecidos no plano político, mais experientes em decisões coletivas se mostrarão mais sensíveis às teses libertárias que incendiaram sua mente.

Aqui ela está sufocando.

Ressentimentos demais, inveja demais e medo demais estão em jogo sob o pretexto da política.

Ele quer estar perto de outras criaturas que não sejam aqueles toscos e suas cabras. Ver mulheres, porra! Subir nas barricadas! Ir para a cidade onde tudo acontece!

Além do mais, seu vilarejo lhe causa horror, as devoções ultrajantes de sua mãe com o terço enrolado no punho lhe causavam horror, as galinhas que ciscam tudo o que cagam lhe causam horror, o despotismo de seu pai e sua teimosia de aragonês lhe causam horror, os pais que especulam sobre o casamento de suas filhas mal um homem as tenha encostado lhe causam horror, e aquelas tontas que querem a todo custo permanecer virgens de modo que não há outro meio a não ser recorrer aos bons ofícios de um asno para chupar o pau (Montse, incrédula e risonha: o quê? um asno? isso é nojento!), aquelas tontas lhe causam horror.

A ideia de levar toda uma vida plantado no mesmo lugar, fazendo os mesmos gestos que seu pai, apanhando as mesmas amêndoas com o mesmo bastão, colhendo as mesmas azeitonas nas mesmas oliveiras, comendo o mesmo cozido na casa da mesma Bendición, e transando (ele grita) com a mesma mulher até a morte, isso o deprime.

Mas onde ele vai viver?

Na casa de Francisca.

Mas com que dinheiro?

Vou me alistar na milícia e me juntar ao front de Saragoça com Durruti. Você quer vir?

A proposta de José enche Montse de orgulho e logo ela se sente elevada à categoria de revolucionária por direito. É preciso que você saiba, minha querida, que, em uma só semana, eu havia aumentado meu patrimônio de palavras: despotismo, dominação, traidores capitalistas, hipocrisia burguesa, causa do proletariado, povo sangrando até a morte, exploração do homem pelo homem e algumas outras, tinha aprendido os nomes de Bakunin e de Proudhon, a letra de *Hijos del Pueblo*, e os sentidos de CNT, FAI, POUM, PSOE, parece algo do Gainsbourg. E ninguém me dava valor, por que você está rindo?, eu que não conhecia nada de nada, eu que nunca tinha entrado no café de Bendición por proibição paterna, eu que ainda acreditava que as crianças nasciam pelo traseiro, eu que não sabia nem ao menos o que era beijar, já que nunca tinha visto duas pessoas fazendo isso e não tinha televisão para me instruir, eu que sabia menos ainda como se praticava o Ato (minha mãe diz o Ato para ato sexual), nem o 69 nem os boquetes nem nada, me tornei em uma semana uma anarquista de choque pronta para abandonar a família sem o menor remorso e a pisotear sem a menor piedade o corazón de mi mamá.

Montse aceita imediatamente a proposta do irmão.

Em seguida ela mostra uma hesitação,

O pai deu permissão?

O irmão cai no riso.

A partir daquele dia, nenhum ser será impedido do que bem quiser por um outro, nem pelos papais nem pelas mamães nem por nadie!

Montse acaba avisando a mãe que logo começa a gemer, Dios mío! se juntar aos selvagens! que tristeza! o que eu fiz para o bom Deus?, etc.

José murmura entre os dentes que de todas as opressões existentes, a que é infligida pelas mães é a pior delas. A mais universal. A mais insidiosa. A mais eficaz. A mais despótica. E a que nos prepara, lenta mas seguramente, para nos enquadrar nas demais.

Você vai calar a boca! lhe ordena a mãe.

José obedece assumindo uma aparência estoica. Pois, no fundo, José é muito submisso à mamãe.

Em uma manhã de julho, dia 31 exatamente, Montse sobe na traseira da caminhonete acompanhada de Rosita, a noiva de Juan, enquanto José e Juan se instalam na parte da frente.

José vai embora sem arrependimentos (diz minha mãe). Ele nunca pensou em assumir a direção do vilarejo, ele não corre atrás do poder, os velhos camponeses estão equivocados de que ele tenha tido a intenção de dar uma de palhaço. Diferentemente de Diego que tem, como você diria, muita ambição e seus palavrões e atos parecem servir a um objetivo secreto, José é um coração puro, isso existe minha querida, não ria, José é um caballero, ouso dizer, ele gosta de se regalar será que regalar vem do francês? Ele se dedicou ao seu sonho com toda sua juventud e toda sua candura, e se lançou como um cavalo louco em seu plano que não queria nada que não fosse um mundo belo.

Não ria, havia muitos como ele naquela época, as circunstâncias provavelmente permitiam isso, esse plano que ele defendeu sem cálculo e sem raciocínio, digo isso sem a menor sombra de dúvida.

No momento da despedida, a mãe, toda vestida de preto, cor que usa desde a morte do pai dela, há dezessete anos, a mãe os beija como se nunca mais fosse revê-los. Que Deus os proteja!

Antes, ela tinha tentado pendurar uma correntinha de ouro contendo uma medalha da Virgem em torno do pescoço de José, e ele, envergonhado na frente de Juan, a recusou com um gesto bruto. Ela disse a Montse Preste atenção ao atravessar a rua! Ela disse a José Não faça loucuras. Depois ela ficou ali plantada, fazendo sinais com as mãos, até que a caminhonete desaparecesse atrás do vale, como se caísse em um abismo.

E no momento preciso em que a caminhonete desapareceu, a mãe caiu no choro e correu para se abrigar na cozinha.

Montse prometeu à mãe que lhe escreveria assim que chegasse. Ela se sente tranquila. Feliz e tranquila. Ela tem o sentimento feliz e tranquilo de partir de férias apesar da guerra que está em todos os pensamentos. Mas ao ver a silhueta negra de sua mãe diminuir ao longe até se tornar minúscula, tem um pensamento que a deixa triste por um instante: diz a si mesma que o pai vai acusá-la de tê-los deixado ir embora e que ele vai tiranizá-la incansavelmente com reclamações ou alguns tapas (totalmente comuns na época, minha querida), pois martirizá-la atenua seus tormentos e relaxa seu corpo cansado; diz a si mesma que a mãe vai se encontrar sozinha diante do pai que ela teme (algo totalmente comum na época, minha querida) e nem José nem ela estarão lá para ficar no meio deles e receber os golpes de ceinturon que o pai destina à mulher e aos filhos e, além deles, a tudo o que o esgota e que o oprime e do que se esquece um poco quando está batendo neles. Sacudindo, a caminhonete desce a estrada que vai em direção à cidade e, em todos os vilarejos que atravessam, com os punhos levantados, são acolhidos com gritos de alegria e Viva la República!, Viva la Revolución!, Viva la Anarquía! ou Viva la Libertad!

De tarde, a mãe de Montse encontra doña Pura que lhe anuncia a terrível notícia: o padre don Miguel fugiu durante a noite para não ser estripado pelos bolcheviques sanguinários.

Santíssima Virgem! A mãe de Montse faz o sinal da cruz sobre o peito. O que vai acontecer com a gente, Senhor Deus?

É um desastre, murmura doña Pura, em um suspiro.

A agonia que a toma é tal que desencadeia dores perfurantes no peito, aqui (ela aponta um local abaixo de seu coração), como pontadas, ferroadas de fogo que a penetram.

Como dardos? pergunta a mãe de Montse, modo de dizer (ela está acabada demais desde manhã para ter palavras adequadas, ocupada demais em conter sua dor e reprimir as lágrimas).

Como paus, comenta a mãe explodindo de rir.

Esse comentário maternal necessita de alguns esclarecimentos. Desde que minha mãe começou a sofrer de distúrbios de memória, ela sente um real prazer em pronunciar palavras grosseiras que se absteve de formular durante mais de setenta anos, uma manifestação frequente nesse tipo de pacientes, explicou seu médico, principalmente entre pessoas que receberam na juventude uma educação muito estrita e para quem a doença permitiu abrir as portas blindadas da censura. Não sei se a interpretação do médico está certa, mas de fato minha mãe sente um verdadeiro prazer em tratar o quitandeiro de babaca, suas filhas (Lunita e eu) de cu apertados, sua fisioterapeuta de piranha e em proferir buceta, escroto, porra e merda sempre que possível. Desde que chegou na França, ela que tanto se esforçava para corrigir seu sotaque espanhol, para falar em uma linguagem correta, prestando atenção nas concordâncias para estar sempre mais em conformidade ao que ela pensava ser o modelo francês (se mostrando por isso mesmo, por sua concordância demasiadamente rigorosa, como uma estrangeira), em seus dias de velhice, ela abandona as pequenas conversações, linguageiras e outras. Ao contrário de doña Pura, irmã mais velha de don Jaime e tia de Diego, que, ao envelhecer, as limita apenas ao nome do Pai, do Filho e do Espírito Santo.

HAGIOGRAFIA DE DOÑA PURA, APELIDADA DE SANTA PURA

Solteira aos cinquenta anos, doña Pura tinha direcionado as coceiras ocasionadas pelas pulsões que atormentavam sua carne para os diferentes órgãos de um corpo irrepreensivelmente casto, e suas dores não podiam mais ser enumeradas. Um dia, seu estômago a incomodava (os rabanetes do almoço continuavam no estômago), no dia seguinte, a cabeça estava pesada (de ideias lúgubres sobre as destruições bolcheviques), no outro dia, foram as pontadas na região do períneo ou um inchaço dos mais desagradáveis (uma lavagem com água salgada era indicada para atenuá-las).

Seu corpo inteiro protestava contra as violentas censuras infligidas por sua alma, protestos que se expressavam cada vez mais veementemente e, é preciso dizer, se chocavam com a mais egoísta, a mais cruel e a mais unânime indiferença familiar.

O mais revoltante para ela, de fato, era que seu irmão don Jaime a tivesse, por assim dizer, proibido de reclamar diariamente das dores que ele tinha ousado qualificar como imaginárias, ao passo que eram apenas o fruto de uma sensibilidade à flor da pele (à flor das hemorroidas, desculpe o humor, diz minha mãe explodindo de rir).

Quanto ao sobrinho Diego, ele tinha alegado, com aquela intolerância própria dos jovens, que seus inumeráveis problemas de saúde não passavam de um modo de perturbar seu entorno e envenenar o ambiente familiar ya bastante podrido.

Doña Pura sofria com julgamentos tão parciais e tão pouco misericordiosos face às dores que a destruíam. Mas encontrava consolo na secreta certeza de obter uma recompensa pelos sofrimentos em uma vida futura diante de Jesus Cristo e de seu exército de anjos rosas. Pois doña Pura, criada entre uma mãe devota e as irmãs da escola do Sagrado Coração, tinha sido imersa desde a mais tenra idade na religião católica. E os princípios religiosos, que a tinham profundamente entediado quando era criança, tinham tomado um caráter verdadeiramente frenético com os acontecimentos de julho.

Com um fervor bastante eucarístico, doña Pura começou a defender a Santa Guerra comandada por Franco, seu Caudillo venerado, seu Gênio absoluto, seu Salvador enviado pelo Céu, o Artesão heroico da Nova Espanha e o defensor das causas grandiosas entre as quais figuravam na linha de frente: 1. A luta contra os pecaminosos, 2. O extermínio da gangrena democrática, que estava em conluio com dois assassinos notórios (cuja simples menção lhe causava cefaleias que querem imediatamente uma sessão de defumação): Bakunin Bakunin Bakunin, resumindo, um diabo russo que defendia o estupro da propriedade e das pessoas, e um doente mental chamado Stalin, tanto um quanto outro vinham selvagemente espezinhar os valores da Hispanidad legados por seus ancestrais e dos quais era a legítima e pura depositária, valores eternos cuja base, lembremos, era composta por:

1 — a piedade cristã,

2 — o amor à nação,

3 — o tão espanholíssimo e sempre em vigor machismo ou síndro-

me da barba dura e do pau grande (diz minha mãe), que se expressava, de acordo com o meio e a ocasião, pelas gritarias e tapas, mas que doña Pura esquecia de mencionar, a infeliz já acumulando em sua mente demasiados motivos de tormentos.

Aos dois personagens infames anteriormente citados, doña Pura tinha acrescentado o bandido anarquista Durruti, cujo lugar não era outro que a prisão, e o presidente Azaña, cuja feiura física carregava os estigmas da depravação em seus pensamentos (mal via sua foto no jornal, ela era tomada por asfixias), um homem fraco, indeciso, maleável e que queria instaurar o horror igualitário defendido pelos sovietes, em outras palavras, o vil rebaixamento dos seres superiores ao nível dos medíocres, e a infelicidade de todos. Como se compartilhar, aqui você me entendeu, pudesse diminuir de alguma forma a miséria dos homens!

Na missa de domingo, recitava o que negava sistematicamente em seus atos (o amor ao próximo e outras sublimidades correlacionadas), Mas quem não é assim? digo, Eu! diz minha mãe inocente, ela tremia de ódio diante da cambada de ladrões e depravados que os jovens da CNT constituíam no vilarejo, dentre os quais José era o campeão.

Você entendiu isso[8], minha querida, me diz minha mãe, doña Pura, em sua rigidez e em seu rancor de católica ofendida, era uma Santa Mulher, assídua em todas as missas, seu coração sangrava ao ver uma parte da Europa cair no materialismo, ela que dedicava todos seus esforços ao aperfeiçoamento de sua alma renunciando a todos os prazeres e a todas as volúpias terrenas. Você pensa que é uma caricatura? Mas o que posso fazer se ela era realmente uma verdadeira caricatura!

Doña Pura era uma Santa Mulher com ares perpetuamente ultrajados, mesmo quando estava calma, mas de tão Santa que era, só concedia sua misericórdia cristã a algumas almas merecedoras e ao catolicismo patenteado:

— em primeiríssimo lugar: ao padre don Miguel, notoriamente certificado nos conformes e redentor juramentado, diante de quem ela depositava até aquele dia fatal (o de sua fuga) seu fardo de dores

[8] Reprodução de erro gramatical. No original: *Tu l'as comprendi* [N.T.]

físicas e morais em troca de um envelope recheado (minha mãe: o dinheiro dos outros), de alguma maneira seu crédito espiritual, um envelope destinado aos gastos do culto que ela deslizava uma vez por mês nas mãos rechonchudas do padre que, com os olhos abaixados, sussurrava com uma voz toda melosa Deus te recompensará, sem especificar, na imprecisão peculiar das fórmulas religiosas, de quais formas seria gratificada,

— e em segundo lugar: às poucas debulhadoras de rosários, fracas demais para se defenderem (de sua misericórdia), entre elas a mãe de Montse, que era muito digna de pena com o filho que tem! e uma dezena de devotas para as quais, em recompensa de sua piedade (da qual ela não estava nunca certa, as pessoas são tão sorrateiras), recolhia as esmolas tal como as recebia, em forma de roupas usadas (Montse sabia algo sobre isso, beneficiou-se, contra sua vontade, dos vestidos desbotados que doña Pura lhe doou).

Pois doña Pura gostava de aliviar a miséria dos pobres, atividade que consistia em uma excelente diversão, diria até mesmo em um derivado poderoso de suas tão pérfidas quanto inumeráveis indisposições, inumeráveis tanto em suas expressões quanto na natureza dos órgãos afetados, com uma predominância clara dos órgãos situados na área genital urinária.

Privada de marido, de filhos e de ofício, dedicava-se igualmente, com a finalidade de combatê-las (suas indisposições), às cruzadas de ordem doméstica, dotadas de uma verdadeira função purgativa: controle drástico da organização das panelas e de suas tampas correspondentes seguindo uma ordem rigorosa, observação meticulosa da prataria e limpeza consecutiva com vinagre branco, discussões exaltadas com o irmão sobre a escolha das cores do papel de parede destinado à antessala que ela queria que fossem de sangue e ouro, das cores da bandeira nacional tão linda, tão simbólica, tão espanhola e decorada, por falar nisso, com hastes em feixes e o retrato em tamanho real de Mussolini, acrescentava o irmão irônico, levantando os ombros indignado com a irmã, tantas missões que serviram de emunctórios a seus pruridos íntimos e a seus ardores libidinais dolorosamente rejeitados.

A essas preocupações, desde a declaração de guerra, somava-se o tormento causado pela recente conversa com seu sobrinho Diego, envenenado pelas teorias progressistas de um certo Karl Marx, só este nome! Ela pedia perdão a Deus pela descrença dele e, para todos os efeitos, acendia velas no quarto orando na intenção de resgatar aquele pobrezinho, em quem ela tinha colocado tantas esperanças, das trevas comunistas para onde havia se desviado ao invés de ir na direção da santa luz católica, desorientação bastante perdoável, Senhor Todo-Poderoso, para um rapaz que tinha sofrido abandono na primeira infância, criado por sem-corações e, muito provavelmente, comunistas.

Esperava secretamente que a infame aliança do sobrinho com Moscou e o verme republicano fossem apenas um capricho de adolescente tomado no impulso para um caminho maldito, e que tal capricho acabaria com o tempo e com o casamento, sendo este, de acordo com a santíssima palavra do santo papa, a melhor panaceia para colocar na linha as mais desviantes criaturas.

Na verdade, essas escapadinhas do sobrinho pareciam excitá-la, como pareciam excitá-la as obscenidades dos bolcheviques que tinham explodido a gruta de Lourdes na França, que horror, que horror, mas é o fim do mundo! Você está delirando, lhe dizia o irmão. Eu li no jornal, ela respondia. Mude de jornal, aconselhava o irmão que a convidava regularmente a comedir seus ódios e suas paixões.

Felizmente, a chegada dos aviões alemães ao céu espanhol reconfortava seu coração ansioso. Ela até mesmo via nisso a prova redundante de que seu Deus Todo-Poderoso velava pessoalmente pela Espanha, eficazmente assessorado por seu auxiliar e destemido Francisco Franco Bahamonde, Caudillo de España por la Gracia de Dios.

Ninguém no vilarejo ignorava seus ódios nem suas inclinações. Mas por uma espécie de tradição imutável, não se tocava na família de don Jaime Burgos Obregón, como não se tocava no rito da jota, como não se tocava no calendário dos santos. Respeitava-se essa família que, há séculos, gozava de uma reputação de retidão e honra. Ou melhor, tinha-se afeição a elas e os olhos se fechavam para o apoio indefectível que doña Pura tinha pelos nacionalistas e por todo amor tão indefectível que ela dedicava a Franco, única exceção em sua carreira erótica, única figura terrena que conseguiu induzi-la à tentação e fazer palpitar suas carnes com uma santa volúpia. Os olhos se fechavam, pois, certamente, doña Pura era uma facha cem por cento facha, certamente, sabia-se que ela cantava em seu quarto com uma voz vibrante *Cara al sol*, mas a pobrezinha tinha muitas desculpas: ela nunca tinha transado y su chocho estaba sequito como una nuez.

Quando está prestes a escrever seu livro e denunciar os malfeitos dessa Igreja, tanto adorada por doña Pura, Bernanos hesita por um momento. O que ele tem a ganhar com esse ato? E o que eu mesma, me digo, o que tenho a ganhar fazendo reviver tudo isso? Para quê remexer essa imundice da qual o universo tem nojo? se perguntava um outro de meus admirados, Carlo Emilio Gadda, nas primeiras páginas de um livro que levou até o fim sobre a torpeza mussoliniana.

Bernanos sabe perfeitamente que essas verdades não são boas de dizer e que vão culpá-lo por elas. Mas decide seguir em frente, não para convencer alguém, diz ele, ainda menos para escandalizar, mas para poder se olhar no espelho até o final de seus dias e permanecer fiel à criança que foi e que a injustiça devastava.

Ele se decide, pois viu seu próprio filho Yves chorando, rasgando a camisa azul da Falange depois que dois pobres diabos, dois bravos camponeses palmesanos, foram assassinados debaixo de seus olhos. (Yves logo desertará a Falange e fugirá para longe da Espanha.)

Ele está decidido, pois o escândalo de uma Igreja que se prostitui com os militares o feriu no centro vivo de sua consciência. E por mais que lhe custe denunciar, lhe custa ainda mais ser o observador mudo. A imagem daqueles padres, as barras de seus mantos enxarcadas de sangue e lama, dando seus viáticos às ovelhas desgarradas que são assassinadas em rebanhos, isso o revolta.

Animado pela letra e pelo espírito do que ele chama "seu catecismo elementar", Bernanos não consegue observar sem náusea esses assassinatos perpetrados em nome da Santa Nação e da Santa Religião por uma pequena tropa de loucos fanáticos aprisionados na loucura fanática de seus dogmas.

Então, junta suas forças para alinhar sua consciência a seu coração e decide dizer o que o faz tremer de horror. Decide contar a insuperável repugnância que lhe inspiram a suspeita generalizada, a delação recompensada pela Igreja, o sequestro no meio da madrugada dos mal-intencionados e irreligiosos executados sem outra forma de processo, resumindo, toda "fúria religiosa consubstancial, diz ele, em sua parte mais obscura, a mais venenosa da alma humana".

São fatos públicos, diz ele, fatos comprovados, fatos indiscutíveis que negação alguma no mundo fará com que não tenham acontecido, e que deixarão na História uma mancha de sangue que nem um mar de água benta poderá apagar.

São a pior injúria feita ao Cristo.

Sua absoluta negação.

Uma vergonha para o espírito.

Escreve. Tem a coragem que seus antigos amigos não perdoarão, verão nele um perigoso anarquista.

Não ignora que crimes parecidos sejam cometidos no campo republicano e que inumeráveis padres foram assassinados pelos vermelhos de forma muito atroz, estes pagam por todos, já que a regra diz que os pequenos pagam pelos erros dos grandes. Não ignora que os bispos bolcheviques, como os chamam o poeta César Vallejo, são tão cínicos e tão bárbaros quanto os bispos católicos.

Que os vermelhos da Espanha tenham massacrado padres é apenas mais uma razão, diz Bernanos, uma razão determinante para defender abertamente suas mulheres e seus filhos inocentes.

A seus olhos de cristão guiados pelo espírito do Evangelho e do coração de Jesus, se existe um abrigo na terra, um lugar de misericórdia e de amor, esse lugar se encontra no seio da Igreja.

No entanto, o episcopado espanhol não parou ao longo dos séculos de trair, de desvirtuar e de desfigurar a mensagem cristã, se desviando dos pobres em proveito de um punhado de "canalhas dourados". A Igreja espanhola se tornou a Igreja dos abastados, a Igreja dos poderosos, a Igreja dos titulados. Esse desvio e essa traição atingiram o ápice em 1936, quando, em conluio com os assassinos franquistas, os padres espanhóis estenderam seus crucifixos aos pobres mal-intencionados para que eles o beijassem uma última vez antes de serem enviados *ad patres*. Para dar um exemplo.

Bernanos denuncia esta dupla sordidez. E declara às Excelências episcopais que ele compreende muito bem por que os pobres se tornam comunistas.

E não importa se suas palavras careçam de moderação.

E não importa se elas sejam imprudentes.

Elas serão sempre menos que a negação (sabemos por experiência que um mal negado reaparece de forma mais violenta). Elas serão sempre menos que a indiferença polida que adormece o coração e que entorpece a língua. E elas serão sempre menos que o silêncio (sabemos para onde leva o das democracias de Munique que deixam invadir a Tchecoslováquia e se calam durante vinte e cinco anos diante da ditadura franquista).

Aos olhos de Bernanos, a Igreja espanhola, se passando por subcontratante do Terror dos nacionalistas, perdeu definitivamente sua honra.

Você entendiu quem eram os nacionalistas? me pergunta minha mãe à queima-roupa enquanto a ajudo a se sentar na grande poltrona de tecido felpudo verde instalada perto da janela.

Acho que eu começo a entender. Acho que eu começo a entender o que a palavra nacional carrega em si de desgraça. Acho que eu começo a entender que toda vez que foi erguida pelo passado e qualquer que seja a causa defendida (Frente nacional, Liga da nação francesa, Revolução Nacional, União nacional popular, Partido nacional fascista...), inevitavelmente, ela acompanhou um desencadeamento de violências, tanto na França quanto em outros lugares. A História, nesse ponto, abunda em lições deploráveis.

O que eu sei, o que Schopenhauer declarou em seu tempo, é que a varíola e o nacionalismo eram os dois males de seu século e que apesar de terem há muito tempo encontrado a cura do primeiro, o segundo continuaria incurável. Nietzsche formulou de maneira mais sutil, é ele quem escreve que o comércio e a indústria, a troca de livros e cartas, a comunidade da alta cultura, a rápida mudança dos lugares e dos países, que todas essas condições levam necessariamente a um enfraquecimento das nações europeias, ainda que uma raça misturada, a do homem europeu, tivesse que nascer delas como resultado de cruzamentos contínuos. E acrescenta que certos nacionalistas que resistiam não eram mais do que um punhado de fanáticos que tentavam se manter em vantagem, atiçando o ódio e os ressentimentos.

Bernanos também desconfiava do uso excessivo da palavra nação do qual seus antigos amigos se deleitavam. "Eu não sou nacional (dizia ele) porque eu gosto de saber exatamente o que eu sou e a palavra nacional por si só é incapaz de me ensinar. [...] Já não existem tantas palavras no vocabulário às quais um homem possa confiar o que tem de mais precioso para que vocês façam disso um tipo de guarnição ou de balcão aberto a todo mundo".

De minha parte, tendo a pensar que um certo número (pois, parece que podemos ter a alma chauvinista sem ser necessariamente um fascista), que um certo número, eu dizia, daqueles que hoje se apoderam desse termo (que em si não é nem bom nem mau) e o levantam como uma bandeira, fazem isso com a única finalidade de mascarar seu projeto de uma triagem entre os nacionalistas e os não-nacionalistas (dito de outra maneira, instaurar um sistema que distinga e hierarquize os homens: isso se chama, acredito, um nacional-racismo) e ao desacreditar esses últimos (os não-nacionalistas), depois marginalizá-los, depois livrar-se deles como se faz com parasitas, já que a nação não pode nutri-los em detrimento de seus próprios filhos, isso tudo apesar de sua imensa e maternal solicitude. Na minha humilde opinião, diz minha mãe (que tem gosto por essas fórmulas expletivas cujo uso lhe dá a impressão de dominar o francês; ela também gosta muito das expressões Ouso dizer e Se eu não me engano que ela acha elegantes e que vêm de algum modo redimir sua propensão em dizer grosserias), na minha humilde opinião, minha querida, aqueles que chamávamos de nacionalistas queriam depurar a Espanha de 36 de todos os que pareciam com o meu irmão. Y nada más.

É o momento propício, me parece, para revisar a pequena lição que segue:

PEQUENA LIÇÃO DE DEPURAÇÃO NACIONAL

I. OS DISCURSOS REAFIMANDO AS PRÁTICAS DE DEPURAÇÃO NACIONAL

Daremos como exemplo um trecho de uma das declarações feitas no rádio pelo general Queipo de Llano, grande depurador de Sevilha, em julho de 1936:

"Esta guerra é uma guerra mortal. É necessário lutar contra o inimigo até seu total extermínio e se alguém não se dá conta disto, não se trata de um bom servidor da causa sagrada da Espanha."

Assim como um breve trecho do artigo presente na primeira página do jornal *Arriba España*, datado do mesmo mês: "*¡Camarada! Tienes obligación de perseguir al judaísmo, a la masonería, al marxismo y al separatismo. Destruye y quema sus periódicos, sus libros, sus revistas, sus propagandas. ¡Camarada! ¡Por Dios y por la Patria!*"

Para atingir as admiráveis finalidades anteriormente citadas e livrar a nação dos elementos nocivos, convém garantir os bons serviços dos delatores.

II. OS DELATORES

pela boca dos quais Deus manifesta sua vontade são recrutados em todos os níveis da sociedade, em uma proporção bastante significativa de padres, senhoras da alta sociedade que pregam o amor ao próximo e carregam no corpete a imagem do Coração de Jesus, de onde escorre um bonito fio de sangue, esposas de oficiais que têm boas relações com o pai de um fulano limpador de consciências, proprietários de cafés, padeiros, pastores de cabras, lavradores, paspalhos fáceis de catequizar, maltrapilhos fora de forma, gente simples que é persuadida a se enfeitar com fogos de artifício na cintura em nome da nação em perigo, pequenos golpistas e grandes canalhas que pintam novamente com tinta fresca sua consciência vestindo uma roupa azul que supõem ser capaz de lhes restituir a honra perdida, boas pessoas e outras mais salobras e um grande número de pessoas comuns, ou seja, nem boas nem más, ou seja, de uma honesta mediocridade, como dizia meu caro Nietzsche, ou seja, como você e eu, ou seja, que vão regularmente ao confessionário escoar seus pecados, nunca faltam à missa aos domingos nem às partidas de futebol aos sábados, munidos de uma esposa e três criancinhas, e não são monstros, o que chamamos de monstros, nisso tudo muito próximo dos militantes do, mas não, não, sem comparações mirabolantes, não são monstros, dizia Bernanos, que "apenas as circunstâncias é que são monstruosas e as pessoas se submetem a elas, ou melhor, adaptam a elas a pequena quantidade de ideias gerais que podem dispor".

Esses delatores patriotas, instrumentos da vontade de Deus, é preciso repetir, eles não se incomodam com tarefas inúteis, pois são pessoas de pulso e vão em frente até o fim, Sagrado seja o nome de um boquete, sem se deixar conter por inúteis pudores. Pela via epistolar, denunciam tudo o que desperta suas suspeitas e terminam a carta com suaves congratulações às autoridades governantes acompanhadas da honra de servir à pátria ou com agradecimentos emocionados e sentimentos afetuosos à señora Fulana de Tal que teve a bondade de lhes levar peras (o marido é um franquista que não é de brincadeira), os Comitês de depuração patriótica cuidam do resto.

III. OS COMITÊS DE DEPURAÇÃO NACIONAL

são essencialmente compostos por fanfarrões eletrizados pelo poder de aterrorizar conferido pela camisa azul dos falangistas ou pela boina vermelha dos carlistas. Animados com a ideia de testar sua ferocidade em homens, fazem um esforço patriótico para eliminar a escória que não pensa como se deve e para, na mesma ocasião, incutir nos refratários a grandeza do ideal nacional.

Observações:

Um belo ideal de emulação reina no seio desses comitês. Dispensas são concedidas pelas Autoridades para desconsiderar o quinto mandamento da Igreja.

IV. OS MÉTODOS DE DEPURAÇÃO NACIONAL

A depuração nacional exige uma organização e métodos rigorosos.

Deve evitar perder-se em sutilezas supérfluas e desprezar todas as operações que atrasem e compliquem seu exercício, como a que consistiria, por exemplo, em distinguir os assassinos dos inocentes. E daí?

As equipes de depuração, também chamadas de justiceiros de Deus, atuam preferencialmente na madrugada, pois o efeito surpresa é maior assim como o terror que inspiram.

Mas podem agir igualmente em plena luz do dia, na rua, ou entrar usando a força na casa dos suspeitos que foram denunciados por almas impecáveis.

V. LISTA DOS ELEMENTOS A SEREM DEPURADOS PELOS FRANQUISTAS QUE PODEM SERVIR DE MODELO PARA QUALQUER LISTA DE ELEMENTOS A SEREM DEPURADOS PELOS SALVADORES DA NAÇÃO

1 — lista dos quebra-cruzes e dos incrédulos reconhecidos;

2 — lista dos indivíduos negligentes diante das práticas da devoção;

3 — lista dos indivíduos culpados pela *desafección al movimiento salvador*;

4 — lista dos professores formados pela Institución Libre de Enseñanza (laica e gratuita), inimigos do capital, perversores de consciências e geradores de ateus e anarquistas que são uma calamidade para a ordem moral da nação;

5 — lista das pessoas inscritas em um partido ou em um sindicato hostil à nação;

6 — lista daqueles que, segundo boatos, foram vistos com o punho levantado;

7 — lista daqueles que, segundo boatos, protestam veementemente contra um salário de miséria;

8 — lista daqueles que, segundo boatos, aplaudiram a passagem dos aviões do exército republicano;

9 — lista dos dissimulados que elogiam Franco pela frente e o abominam por trás;

10 — lista dos poetas, escritores e artistas que encorajam, irresponsavelmente, a propensão à revolta das populações ignorantes;

11 — outros.

VI. AS TRÊS GRANDES FASES DA DEPURAÇÃO PELOS FRANQUISTAS QUE PODEM SERVIR DE MODELO PARA TODOS OS TIPOS DE DEPURAÇÃO REALIZADAS PELOS SALVADORES DA NAÇÃO

1 — A fase da depuração em domicílio: em plena madrugada, bater à porta do suspeito e arrancá-lo do sono. A esposa, em pânico, perguntará se ele será conduzido à prisão. O assassino, que não deve ter nem vinte anos, responde Perfeitamente. Mandar o suspeito subir no caminhão onde encontrará três de seus camaradas com o semblante sério. O caminhão começará a andar, depois deixará a grande estrada e entrará no vazio de um caminho de terra. Ordenar aos quatro homens que desçam. Executar os três com um tiro de fuzil. Em seguida, organizar os cadáveres na borda da fossa onde, no dia seguinte, o coveiro os encontrará com as cabeças estouradas. O prefeito franquista, nada burro, escreverá então em seu registro: Fulano, Beltrano e Sicrano, mortos por derrame cerebral.

2 — A fase da depuração das prisões: os prisioneiros em grande número e que sofrem de uma enorme promiscuidade são levados em

grupo para locais pouco frequentados, são executados em grupo e jogados em grupo em fossas.

Precisemos que nesse método clássico, mas não muito visível, prefere-se frequentemente o método prescrito na fase terminal.

3 — a fase terminal se organiza da seguinte forma: em uma manhã, os prisioneiros recebem, para a sua maior alegria, a notícia de sua libertação. Assinam o termo de prisão e o recibo dos objetos confiscados, cumprem todas as formalidades indispensáveis com a finalidade de livrar a administração penitenciária de qualquer responsabilidade futura. Liberados de dois em dois, são executados assim que ultrapassam os limites da prisão e seus cadáveres são conduzidos para o cemitério.

VII. REFINAMENTOS E APERFEIÇOAMENTOS

Como o inventário se mostrou interminável, fica a cargo da imaginação dos depuradores.

VIII. ADDENDUM

Como aplicar o método militar para a conversão evangelizadora dos pensamentos? A coisa é simples. Basta dirigir o formulário abaixo aos párocos em idade de cumprir o dever pascal. Ele causará nesses últimos o mesmo efeito de uma arma de fogo, mas sem os inconvenientes subsequentes, e permitirá encorajar os incrédulos e aqueles que ainda resistem a aderir rapidamente à fé católica.

Na frente:

> *Senhor, Senhora, Senhorita,*
> *Domiciliado em ... rua... nº...*
> *Assistiu a cerimônia de Páscoa na igreja de...*

E no verso:

> *É recomendado que se cumpra o dever pascal em sua paróquia. Quem o houver cumprido em outra igreja deverá levar sua justificativa ao Reitor.*

Uma via destacável trará a seguinte indicação:

Para melhor administração, prescreve-se que esta via seja destacada e levada devidamente preenchida ao padre da paróquia. Ela poderá ser depositada dentro da caixa destinada a esse uso.

Ouço minha mãe e leio *Os Grandes Cemitérios sob a Lua*, onde consta o documento transcrito acima. Há alguns meses, dedico quase a totalidade dos meus dias a isso.

Nunca tive, até aqui, o desejo de mergulhar (literalmente) nas lembranças maternas da guerra civil nem nas obras que foram dedicadas a ela. Mas tenho o sentimento de que, para mim, a hora chegou de tirar das sombras esses acontecimentos da Espanha que tinha exilado em um canto da minha mente para, provavelmente, fugir mais facilmente dos questionamentos que eles corriam o risco de despertar. Chegou a minha hora de olhá-los. Simplesmente de olhar para eles. Desde que comecei a escrever, nunca tinha sentido uma intimação parecida. Olhar esse parêntese libertário que foi para minha mãe um puro encantamento, esse parêntese libertário que não teve, acredito, outros equivalentes na Europa e que me deixa ainda mais feliz de reanimar, já que foi por muito tempo desconhecido, mais do que desconhecido, oculto, oculto pelos comunistas espanhóis, oculto pelos intelectuais franceses que estavam quase todos naquela época próximos do PC, oculto pelo presidente Azaña que, ao negá-lo, esperava encontrar um apoio nas democracias ocidentais, e oculto por Franco que reduziu a guerra civil a um confronto entre a Espanha católica e o comunismo ateu. E olhar ao mesmo tempo aquela imundice que se manifestou do lado dos nacionalistas franquistas e que Bernanos implacavelmente observou, aquela imundice dos homens quando o fanatismo os toma e os enraivece até levá-los às piores torpezas.

Para não me perder entre os relatos de Bernanos e os de minha mãe, cheios de meandros e lacunas, fui consultar alguns livros de história. Assim, pude reconstituir, da maneira mais precisa possível, o encadeamento dos fatos que conduziram a esta guerra que Bernanos e minha mãe viveram simultaneamente. Um horrorizado e com o coração na mão, a outra na alegria solidária, inesquecível, sob as bandeiras pretas soltas ao vento.

Eis os fatos:

A decepção do povo espanhol diante das medidas tardias tomadas pela jovem República e por uma Igreja insolentemente poderosa, munida de bancos insolentemente poderosos e de empresas insolentemente poderosas,

a associação mafiosa do episcopado com os militares e as classes abastadas, a fim de melhor defender seus próprios interesses,

seu furor santo diante das reformas precipitadas conduzidas pelo governo para estabelecer a laicidade e instaurar o casamento civil,

seu desejo fanático de mover contra essas reformas uma Guerra Santa em nome do Pai do Filho e do Espírito Santo,

a raiva alucinada da grande burguesia diante da criação de um imposto progressivo sobre o salário, duplicada pelo ódio dos grandes proprietários de terra diante de eventuais confiscos,

sua aversão feroz ao socialismo e a seu sulfuroso igualitarismo e seu espanto à ideia de que o povo pudesse se revoltar,

a revolução fervorosamente desejada pelas esquerdas radicais desde a repressão violenta pelo governo das greves de 34 na região das Astúrias,

todos esses elementos conduziram à divisão da República una e indivisível em dois lados (cada um puxando para si a História para confiscá-la a seu proveito): de um lado um front dito popular, composto por diferentes esquerdas que logo se fragmentaram e acabaram se destruindo, e de outro um front dito nacional, formado pela coalizão das direitas, das mais honrosas às mais extremas, surdas à voz do povo levado ao limite por décadas de miséria e que se recusava a se inclinar diante da nova república obtida pelo sufrágio universal.

VOCÊS TÊM FOME, COMAM A REPÚBLICA

em 31 de março de 1934, o monarquista Antonio Goicoechea, o carlista Antonio Lizarza e o comandante-general Barrera tinham assinado com Mussolini, em Roma, um acordo segundo o qual o Duce se comprometia em apoiar o movimento deles para derrubar a República espanhola por meio de financiamentos e fornecimentos de armas.

De 34 a 36, numerosos jovens tinham seguido estágios de formação militar na Itália. E estoques de armas tinham sido constituídos graças aos fundos italianos.

Em fevereiro de 1936, o clima estava tão tenso entre as duas Espanhas que o poder decidiu convocar eleições legislativas.

A Frente Popular levou a vitória e nomeou para o comando do país o republicano progressista Manuel Azaña. Mas os ódios partidários calcados nos ódios de classe, as discórdias inférteis e seus estímulos pelos partidos, os fanatismos de todos os lados e sua cegueira, as manobras astutas para enganar a opinião, a desconsideração política na qual foi realizada a República, sendo esta incapaz de conduzir as reformas necessárias e, principalmente, agrárias, a escalada de acusações, os escândalos financeiros que atingiam os políticos de um lado e de outro, pegos em flagrante (à esquerda, Alejandro Lerroux, dirigente de um governo de coalizão de 33 a 35, implicado em negócios obscuros, à direita o banqueiro Juan March, enriquecido, como era do conhecimento de todos, pela fraude e contrabando, preso pela Monarquia e, em meio a uma pressa suspeita, transformado no grande financiador do franquismo) conduziriam a uma situação explosiva.

Em 17 de julho, as tropas instaladas no Marrocos e nas Canárias se levantaram contra o governo legal. No dia 19 de julho, o general Franco tomou o comando dos revoltosos. Ele pensava que soltando seus cachorros, qualquer desejo de resistência se dissiparia em três dias. Foi mal aconselhado. Ao saberem da notícia do *putsch*, os sindicatos começaram uma greve geral e convocaram o governo para lhes distribuir armas. Na noite do dia 18 para 19 de julho, o governo autorizou a distribuição e liberou os soldados do dever de obediência aos militares insurgentes.

Desse modo, o golpe de estado franquista colocou de pé um povo que ignorava sua própria força. E permitiria o que nem os socialistas nem os anarquistas nunca poderiam por si mesmos: a metade da Espanha e as seis principais cidades passaram em alguns dias para as mãos dos revolucionários.

Enquanto as milícias populares e as forças ditas nacionais se afrontavam pelas armas, enquanto essas últimas faziam reinar nas regiões que haviam tomado o que Bernanos não hesitou em qualificar como Terror; enquanto uma violenta repressão se abatia ao mesmo tempo sobre o clero de uma Igreja hostil à República e que pregava a submissão à antiga ordem, milhares de camponeses, sem esperar pela lei, começaram a dividir entre si grandes extensões agrícolas dos proprietários de terra.

É necessário lembrar que, na Europa do final do século XIX e do início do século XX, o movimento libertário conheceu momentos tão esplendorosos que os governos executaram medidas drásticas para reprimi-lo. Mas foi na Espanha, pátria do engenhoso Don Quixote, que se exauriu ao ajudar os fracos e correr atrás dos maldosos, foi na Espanha que esse movimento encontrou sua mais alta expressão, e foi na Espanha, no tempo de um breve verão, que esse movimento se tornou realidade.

A partir de junho de 36, efetivamente, inúmeros vilarejos transformados em comunas coletivas livres e autogerados viveram fora do controle do poder central, sem polícia, sem tribunais, sem patrão, sem dinheiro, sem igreja, sem burocracia, sem impostos e em uma paz quase perfeita. Foi essa experiência única que meu tio José tentou, com alguns outros, instituir em seu vilarejo, e que minha mãe, pelos acasos da História que são por vezes trágicos, por vezes gloriosos e quase sempre as duas coisas, teve a sorte inaudita de viver.

Montse, Rosita, José e Juan chegam na noite do dia 1º de agosto na grande cidade catalã, onde as milícias libertárias tinham tomado o poder. Foi a maior emoção de suas vidas. Horas inesquecíveis (diz minha mãe) e das quais a conexão e a lembrança jamás poderão ser tiradas de mim, jamás jamás jamás.

Nas ruas, há uma euforia, uma alegria e algo feliz no ar que eles nunca tinham conhecido e não conhecerão mais. Os cafés estão lotados, as lojas abertas, os pedestres que perambulam parecem estar tomados por um tipo de embriaguez, tudo funciona formidavelmente, como nos tempos de paz. Apenas as poucas barricadas ainda erguidas e as igrejas destruídas com seus santos de gesso jogados diante do altar acabam os fazendo lembrar que a guerra se assolava.

Chegam às Ramblas.

Uma atmosfera impossível de descrever, impossível, minha querida, de comunicar a você a sensação viva para que ela chegue em cheio ao coração. Acho que é preciso tê-la vivido para compreender a comoção, o choque, el aturdimento, la revelación que fue para nosotros el descubrimiento de esta ciudad en el mes de agosto 36.

Os orfeões, as fanfarras de guerra, as carruagens puxadas por cavalos, as bandeiras nas janelas, as faixas estendidas de uma varanda a outra declarando morte ao fascismo, os retratos gigantes dos três profetas russos, os milicianos armados querendo se exibir com uma garota de calça comprida nos braços, os ônibus de dois andares decorados com siglas vermelhas e pretas, caminhões rodando com excesso de velocidade carregados de jovens agitando fuzis e que a multidão aplaude, uma multidão que parece carregada por um sentimento de simpatia, de amizade, de bondade que ninguém no mundo pode imaginar, oradores efervescentes empoleirados em cadeiras bambas, *¡Míralos camarada! ¡Van a la lucha, tremolando sobre sus cabezas el rojo pabellón! ¡Qué alegres van! acaso la muerte les aguarda, pero ellos prosiguen su camino, sin temer a nada o a nadie,* alto-falantes anunciando as últimas notícias da guerra, e entre essas notícias, versos da *Internacional* cantados em coro pelos transeuntes, os transeuntes que se saúdam gentilmente, que se falam gentilmente e se abraçam sem se conhecer, como se tivessem entendido que nada de belo pudesse acontecer sem que todos fizessem parte, como se todas as coisas imbecis que os homens comuns inventam a si mesmo para se atormentarem fossem, pfffft, volatizadas.

Minha mãe me conta tudo em sua língua, quero dizer, nesse francês desregrado que ela usa, que ela deforma, seria mais justo, e que me esforço constantemente para corrigir.

Montse e os outros três se dirigem em seguida em direção ao batalhão ocupado pelos libertários, na entrada estão estacionados alguns caminhões, três Jeeps e dois veículos blindados. No interior, dois homens em uma atmosfera esfumaçada escrevem o entusiasmo revolucionário em suas Remingtons, enquanto um terceiro finca bandeiras pretas e brancas em um mapa da Espanha preso em uma parede. Jovens entram no cômodo sem interromper, alguns para ter notícias, outros para se alistar e obter armas, outros, finalmente, pelo único prazer de se alegrar com os avanços constantes da revolução que vai mudar o mundo de A à Z, te lo digo.

Um homem com os cabelos engomados, como usam os cantores da época, levanta Montse nos braços, ela solta gritos de prazer. Um miliciano com uma pistola na cintura e ares de cowboy recebe José com um empurrão e lhe pergunta de onde ele vem. De F. Mas que coincidência! Ele é de S. Abraços fraternais. Duas moças usando calças, com as unhas pintadas de vermelho, oferecem a eles, pretensiosamente, cigarros de tabaco claro, e Montse descobre perplexa que mulheres que não são putas podem fumar como os homens, como eu era besta quando penso nisso.

Um dos dois milicianos que datilografam em suas Remingtons os encaminha em direção a uma sala anexa em cuja porta estão inscritas estas palavras: ORGANIZAÇÃO DA INDISCIPLINA. E esta simples inscrição lança José e Juan em uma alegria de criança.

Um homem está lá sentado no meio de um monte de armas e objetos militares que foram confiscados em um arsenal do centro da cidade. Ele os recebe declarando triunfalmente que a tomada de Saragoça é apenas uma questão de horas. Estende a José e a Juan um cinturão militar e uma cartucheira de couro. E por mais que esses acessórios não lhes servissem para nada a não ser enfeitar seus quadris, tanto um quanto outro ingenuamente ficam maravilhados.

Saem.

A noite está linda.

Sentem-se felizes.

Estão convencidos da infalibilidade da causa deles.

Têm a impressão de viver algo grande.

O italiano que levantou Montse nos braços os acompanha em um hotel de luxo ocupado pela CNT e transformado em cantina popular. A fachada está cheia de faixas nas quais estão escritas inocentes proclamações de vitória. Montse, que nunca entrou em um palácio de bilionários e nunca teria entrado se não tivesse ocorrido a guerra, Montse, depois de ter passado pela porta, entrando e saindo três vezes, (que caipira que eu era, quando penso!) fica de boca aberta diante do luxo que ali descobre: os lustres com candelabros luxuosos, grandes espelhos luxuosos com molduras douradas, as mesas luxuosas de madeira esculpidas de folhagens, e a louça luxuosa de porcelana branca ornada com fios de ouro, eu não voltaria, disse minha mãe, eu estava completamente tarrecida, *es* digo, *es* o quê? Estarrecida diante de tantas riquezas.

Depois de ter jantado um dourado fresco acompanhado de arroz, minha mãe, que nunca tinha experimentado peixes que não fossem sardinhas salgadas que secavam nos barris da Maruca, minha mãe, desse modo, depois da inesquecível refeição no hotel cinco estrelas, se encontra com os outros três em um café das Ramblas.

Me belisca.

Diga que não estou sonhando.

Diga que isso não vai acabar, eu dizia a mim mesma, diz minha mãe.

Eles entram no café L'Estiu, que foi coletivizado como todos os cafés da cidade. Minha mãe ainda se lembra que um grande painel acima do balcão advertia que todas as gorjetas eram rejeitadas.

Fim da caridade, aquela porcaria.

Horacio, o garçom, foi quem, depois dos acontecimentos, se livrou da gravata borboleta em sinal de revolta, mas conservou o avental branco e o pano de prato colocado sobre o punho, ziguezague entre as mesas com graças de torero.

Montse, pela primeira vez na vida, toma uma copita de Anís del Mono. Ela diz Está queimando. É gostoso. E José e Juan riem diante das caretas.

Como a vida tem gosto!

Ela ouve, pela primeira vez na vida, línguas estrangeiras, é um prazer da alma. Existe ali uma multidão colorida de jovens vindos de todos os cantos do mundo para apoiar o exército republicano: americanos que tem o dobro do tamanho do seu irmão, ingleses que têm a pele leitosa e lábios rosados (muy feos), italianos de cabelos brilhantes, suíços, austríacos, franceses, alemães, russos, húngaros, suecos.

Falamos alto (sabe-se lá por que, o espanhol pensa que sempre lida com surdos), fumamos, rimos, estou bêbada, falam informalmente sem se conhecerem. E naquele jaleo[9], naquele burburinho, que palavra formidável, minha querida!, naquele burburinho de discussões, risadas, Me cago em Dios lançados a todo momento, o tintilar dos copos que se tocam, uma voz de repente se levanta, uma voz grave e ligeiramente palpitante.

Lidia, sirva-me um licor de anis, minha querida.

A esta hora?

Por favor hija mía. Uma gota. Uma gotinha.

E como eu hesito,

Eu vou morrer amanhã e você me impede de beber um licor de anis?

[9] Dança popular do sul da Espanha [N.T.]

Sirvo um copo de licor de anis para minha mãe e me sento ao seu lado.

E, de repente, ela encadeia ideias sentindo arrepios nostálgicos (toque meu braço! toque!), um jovem em pé, bem na minha frente, começa a declamar um poema. É um francês, minha querida. Recita versos que falam do mar. É lindo como um deus. Tem mãos de menina e roupas de artista, posso vê-lo como se fosse ontem. Não dizemos mais nada. Escutamos. E ao final do poema, o aplaudimos rapidamente.

Enquanto minha mãe, sentada em sua poltrona perto da janela que dá para o pátio de recreio, permanece um instante pensativa, não consigo deixar de pensar no poeta glossolálico e alicerce dos colóquios letrados que fui escutar ontem à noite por pura curiosidade, ficarão sabendo, e que depois de ter infligido um interminável poema onde repetia sem parar que o homem era provido de uma frente e um verso (e o que mais vai me dizer!) queria enganar sublinhando o risco maior que tomara ao escrever, que miséria.

No café onde Montse e os outros três ainda estão sentados à mesa, as conversas retomam depois daquela inquietude, depois daquele puro silêncio que nasce da beleza de um gesto. Retomam primeiramente assuntos sublimes, pois o álcool faz flamejar os sentimentos sublimes, em seguida, progressivamente, sobre assuntos cada vez mais truculentos e escabrosos (minha mãe começa a rir só de lembrar).

A vida é jovial, eu a amo, eu repetia para mim mesma, diz minha mãe.

Começamos discutindo sobre Durruti, seu magnetismo, seu heroísmo, sua bondade, sua lealdade, sua generosidade, sua integridade, e aquela humildade que o leva a dormir no mesmo colchão de palha e a comer o mesmo arroz horroroso que seus companheiros de armas, com a diferença de que aqueles burocratas expedem os outros para a morte enquanto saboreiam whisky on the rocks com um canudinho,

— depois, sobre as últimas comunas criadas na região,

— depois, notícias animadoras do front de Saragoça,

— depois, o amor livre e a prostituição,

— depois, diferentes métodos contraceptivos (trata-se resumidamente de escolher entre *coïtus sodomiter*, *coïtus onaniter* e *coïtus condomiter*),

— depois, sobre a receita do cocido, prato patriótico, se por acaso for, com ou sem linguiça, as opiniões divergem,

— depois, sobre garbanzos[10] que fazem parte da receita, *chiches* em francês (por que *chiches*?), que são os mais saborosos, os mais deliciosos, os mais espanhóis dos legumes da terra, príncipes das Fabaceae, fornecedores de energia, deliciosamente perfumados, conhecidos por provocar ereção e que fazem os homens gozarem bem mais que as mulheres, por quê? (brincadeira típica de macho espanhol, comenta minha mãe),

— sobre a ausência escandalosa de poemas à gloria deles. O que estão esperando César Vallejo, Miguel Hernández, Léon Felipe ou Pablo Neruda (aquele palhaço, diz minha mãe. Por que você está dizendo isso? Vou te explicar), que esperam aqueles preguiçosos para cantar seus louvores?

— sobre a diferença de peidos de acordo com os gêneros feminino e masculino, tanto no plano da musicalidade quanto no plano da fragrância, de seu valor preventivo e curativo, e de sua capacidade de fazer o inimigo levantar acampamento,

— sobre os peidofóbicos e peidófilos, que permanecem como duas categorias irreconciliáveis correspondentes à divisão dos sexos, mas a revolução vai radicalmente modificar essa situação deplorável e as moças modernas, de agora em diante, vão começar a peidar revolucionariamente (risos),

— talvez pudéssemos abordar assuntos mais elevados, sugere um jovem filósofo andaluz que se parece com o teu amigo Dominique. Se examinamos, diz ele, a vulgaridade intrínseca do povo ibérico amante de grão-de-bico e, consequentemente, sujeito às flatulências intestinais, e se a compararmos à vulgaridade mais discreta e temperada do povo francês amante de feijão branco, parece que ambos estão eminentemente refletidos em suas literaturas: o espanhol dando lugar de destaque às coisas picantes, basta ler *El Buscón* de Francisco Quevedo, ao lado do qual seu contemporâneo francês tem ares de professor de catecismo, e a francesa (literatura) que, depois da formação de sua Academia em 1635, pôs fim às ousadas brincadeiras tais como Rabelais praticava com genialidade, pois Rabelais era espanhol, camaradas, espanhol de alma, claro, hermano de Cervantes,

[10] Em espanhol: grão-de-bico [N.T.]

claro, e que no mais era livre-pensador, para não dizer libertário, A la salud de Rabelais, diz levantando o copo, A la salud de Rabelais! repetem em coro todas as pessoas presentes que não sabem absolutamente nada sobre a genialidade em questão (minha mãe: alguém do lado de fora teria pensado que éramos loucos).

Então, voltamos mais uma vez para a incompatibilidade genética dos libertários e dos comunistas, e as disputas retomam em um festim de coño, de joder e de me cago en Dios estrondosos.

Montse fica escutando tudo o que é dito.

Ela tem um sentimento de que sua vida avança a todo vapor e que o princípio da evolução que nos faz ir progressivamente da infância à idade adulta depois da velhice à morte, que esse princípio se envolveu nela em uma velocidade extraordinária.

Na verdade, parecia que minha vida estava começando.

Um pouco como quando teu pai morreu. Quando foi?

Há cinco anos.

É incrível! Diria que foi há um zéculo.

Você pensa nele, às vezes?

Não, nunca. Aliás, me pergunto como pude, a gente diz pude?, como pude passar tantos dias com ele, tantas noites, tantas jantas, tantos aniversários, tantos Natais, tantas noites diante da tv e tanto tudo, ano após ano, sem conservar disso a menor conexão.

Os quatro saem do café.

Montse, que sente possuir asas, declara que a vida é um encantamento, um encanto.

Há na atmosfera da cidade uma leveza, uma alegria que acelera o tempo e não deixa lugar algum para a angústia.

Como amo viver! Eu dizia a mim mesma, diz minha mãe.

Montse está com os outros três na calle San Martín, no apartamento burguês dos señores Oviedo, que confiaram sua chave à Francisca.

Então, para Montse, que viveu na maior pobreza, que nem sequer suspeita da opulência na qual alguns vivem, que conhece do luxo somente o que vislumbrou na casa dos Burgos naquele famoso dia em que don Jaime declarou Ela tem uma aparência bem modesta, é um deslumbramento. Ela descobre em uma só noite a existência (o rosto todo enrugado de minha mãe ao lembrar daquele momento se ilumina de uma alegria contagiante), a existência de água corrente, quente e fria, banheiras vitorianas, privadas com descarga e tampa rebaixável, lâmpadas elétricas em cada cômodo, refrigeradores, pêndulos, termômetros de parede, telefones de ebonite, em resumo, o extraordinário, o encantado, a imparável beleza do conforto moderno. Ela fica maravilhada com os espessos tapetes de lã, as torradeiras de prata, os voluptuosos sofás de couro e os retratos enquadrados de múmias bigodudas. Mas o que lhe parece ser o máximo absoluto do chique é uma colher de prata dotada de uma alça em ângulo reto destinada a pegar açúcar em pó.

Essa magnanimidade a encanta.

Apenas o fato de tomar um banho a faz triunfar.

Ela não deixa de abrir o refrigerador que dispõe de uma gaveta para gelo e beber água fresca em copos de cristal.

A mesa verde em fórmica da cozinha lhe arranca gritos de admiração (como todos os pobres, ela prefere coisas novas aos velhos aparadores camponeses que podem ser encontrados nas casas do seu vilarejo).

Come manteca pela primeira vez no café da manhã (se diz manteca ou manteiga, minha querida? pergunta minha mãe que confunde os sons, eu nunca sei) e não bacon como é seu costume.

Uma delícia.

Ela fica impressionada com a amplidão do guarda-roupa da governanta da casa que ocupa um armário de, diga quanto? Eu não sei, três metros? Seis metros de comprimento, minha querida!

A riqueza é o céu na terra, uma benção, uma consolação, um deleite, repete Montse quando José não está para ouvi-la (ele acha repugnante e contrarrevolucionário essa devassidão de luxo).

Nada preparou Montse para essa experiência. Nada do que lhe ensinaram as religiosas, nada do que lhe foi transmitido por sua mãe e sua tia Aparición (chamada de Pari) não lhe teria permitido imaginar que ficaria abalada a esse ponto.

É porque Montse nunca saiu, por assim dizer, da própria casa. Nunca leu aqueles romances de amor que instruem os adolescentes sobre as coisas do sexo e demais assuntos. Cresceu em uma família puritana, interiorana e totalmente ignorante do mundo, persuadida de que todas as esposas deviam, por decreto, se fechar, persuadida de que todos os pais de família eram autorizados, por decreto, a bater na mulher e nos filhos, criada no temor a Deus e ao diabo que usa mil máscaras enganadoras, minha criança, e perfeitamente treinada para obedecer e se submeter.

Desse modo, tudo o que acontece ao longo do período que permaneceu na cidade tem para ela a rapidez e o poder de um terremoto.

No entanto, Montse desliza nesse mundo todo novo e cheio de coisas inimagináveis com a felicidade e uma facilidade tranquilas. Como se ela tivesse nascido ali.

Nunca sua aparência foi tão leve, os elos mais fáceis. E tudo o que ela vive, todos esses acontecimentos minúsculos que formam o tecido banal da vida — a água corrente quente na torneira, uma cerveja gelada no terraço de um café — se tornam de repente milagres.

Eu tinha a impressão que a vida se tornava verídica, como te explicar isso?

Hesíodo em *Os trabalhos e os Dias* escreveu: "Os deuses esconderam aquilo que faz os homens viverem." Montse tem o sentimento de descobrir aos quinze anos a vida que tinham escondido dela. E se joga nessa vida. E se agita. É pura alegria. O que a leva a declarar, setenta e cinco anos mais tarde, com uma ênfase bem ibérica, que a outra (guerra) continua sendo para sempre imbatível, escúchame!

Estou te ouvindo, mamãe, estou te ouvindo.

Veja, se me pedissem para escolher entre o verão de 36 e os setenta e cinco anos que eu vevi[11] entre o nascimento de sua irmã e hoje, não sei se escolheria a segunda opção.

Obrigada! digo, um pouco ofendida.

No início de sua estadia, Montse, que teme se perder pelas ruas da cidade, pouco se aventura para o lado de fora. Mas logo descobre o prazer de perambular e de, longamente, admirar as vitrines das lojas de lingerie (toleradas pelos revolucionários contanto que não contribuíssem para a emancipação das mulheres), os sutiãs estilo balconnet, as cintas-ligas de renda e as combinações de seda rosa, que têm o poder de convocar seus devaneios de amor mais despudorados.

Ela descobre o mar.

Ela tem medo de entrar.

Acaba molhando os pés gritando de prazer.

[11] Reprodução de erro gramatical. No original: *j'ai vivi* [N.T.].

Passeia com Rosita e Francisca no parque da cidade onde os oradores anarquistas, montados em caixotes de madeira, proclamam discursos inflamados aplaudidos por centenas de curiosos. Elas encaram os homens. Elas sonham com o amor. Elas o evocam, elas o chamam em uma trêmula esperança e todo tipo de exclamações. No mais, estão apaixonadas. Falta somente o objeto para o qual destinar esse amor.

Montse se lembra do dia em que passeava com Rosita ao longo de uma avenida, uma aglomeração insólita diante do banco Espírito Santo atraiu seu olhar. As duas se aproximaram do círculo de curiosos e o que viram as impressionou espantosamente: quatro homens em volta de uma fogueira onde um quinto joga maços de dinheiro e não passa pela cabeça de ninguém os impedir, não passa pela cabeça de ninguém se apoderar desse maná, ninguém se indigna com o desperdício perpetrado tão tranquilamente e aos olhos de todos.

Quanto a Montse e Rosita, elas não ousam manifestar espanto diante dos olhos dos cidadãos, como simples interioranas. Então, elas, que foram criadas com a preocupação permanente em economizar três pesetas, em não esbanjar sequer uma migalha de pão e em usar suas roupas até gastarem, elas, que viveram até aqui a vida mais parcimoniosa para não dizer a mais sovina, elas, cujas mães incutiram desde a infância a paixão por fazer economia (pois poupar é para suas mães mais do que uma preocupação ou uma prioridade, é um sabor, até mesmo um sabor acentuado e até mesmo um sabor violento, até mesmo uma paixão), elas consideram naquele dia que aquele acontecimento, por mais espantoso que seja, está na ordem natural das coisas, como tudo o que acontece naquele verão de 36, quando todos os princípios caem por terra, quando todos os comportamentos caem por terra, quando todos os sentimentos caem por terra, fazendo os corações oscilarem para o alto, em direção ao céu, minha querida, é isso o que eu gostaria que você entendesse e que é incompreensível.

Quando penso nisso de novo, diz minha mãe, penso que deveria ter roubado um maço daquelas notas, eu não estaria hoje nessa merda.

A verdade é que minha mãe, em sua vida, nunca teve a chance de queimar dinheiro para acender cigarros. Para nos vestir e nos alimentar, teve que se entregar a dívidas ferozes e, para sair disso, aplicar os princípios estritos da economia doméstica que lhe tinham ensinado. Não tendo mais confiança alguma nos bancos desde essa famosa época em que tinha visto montanhas de dinheiro virarem fumaça, antecipando a velhice, escondeu sob o carpete do quarto um pequeno maço de notas pacientemente empilhadas, mas que, com o tempo, se mostraram sem valor.

Minha mãe: Peguei eles.

Eu: Eles quem?

Minha mãe: Os banqueiros, lógico.

Nessa manhã, escuto minha mãe me contar esse episódio que não tinha lido em nenhum livro de história e que me parece encarnar de repente um dos emblemas mais fortes daquele período. Escuto minha mãe e me pergunto mais uma vez, pois desde que ela começou a me contar seu prodigioso verão é a mesma pergunta que aparece, eu me pergunto: O que permaneceu nela desse tempo, hoje impensável, quando homens queimavam maços de notas para mostrar seu desprezo pelo dinheiro e pelas demências que ele causa? Apenas lembranças ou mais do que isso? Seus sonhos daquela época se dissolveram? Caíram no fundo de si mesma como essas partículas que decantam no fundo de um copo? Ou será que um fogo-fátuo ainda queima em seu velho coração, como me agradaria infinitamente acreditar?

De qualquer maneira, o que percebo é que, há alguns anos, minha mãe não dá a mínima para o pouco dinheiro que tem e distribui a quem quiser, extravagância que seu médico atribui a sua doença, da mesma forma que seus problemas de memória e seus inumeráveis desvios de linguagem, para não dizer incessantes.

Mas gosto de pensar que talvez seu médico esteja enganado e que uma luz trêmula ainda brilhe nela, as brasas ainda mornas daquele agosto de 36, quando o dinheiro foi queimado como se queima lixo.

Enquanto Montse se maravilha com a beleza do mundo, José, que quis tirar alguns dias de férias antes de assinar sua folha de alistamento, passa o tempo na preguiça em um terraço de café conversando com jovens que se parecem com ele sobre a revolução que reconfigurará o universo.

Mas José sente lentamente um mal-estar invadi-lo. Não consegue deixar de escutar, por detrás dos discursos proferidos, os sermões da propaganda revolucionária que cobrem os muros da cidade e que não deixam nada a desejar ao catecismo de don Miguel, o padre de sua infância, um catecismo simplista, repetitivo, mentirosamente otimista e que faz adolescentes sonhadores engolirem sapos a golpes de frases grandiloquentes: *A muralha de peitos valorosos contra a peste fascista. A marcha triunfante dos graciosos gladiadores que jogam ao vento a semente de uma nova geração de trabalhadores servidores do Ideal*... Todo o grande blefe anfigúrico.

Percebe que ele, como os demais, repete até perder o fôlego esses clichês da estação e essas declamações vibrantes que se usam desde então no lugar da gravata. E isso o perturba profundamente.

Mas o que o perturba mais ainda é um sentimento que ele não ousa confiar a ninguém, que mal ousa confessar a si mesmo, o sentimento de que seu engajamento nas milícias seria um engajamento em vão.

É porque José nunca tinha experimentado um desejo tão grande de se doar, mas nunca tinha se sentido tão inútil e tão tristemente convencido de que seu saber de camponês, sua força de camponês e sua coragem de camponês não serviriam para nada nessa guerra a não ser conduzi-lo a uma morte certa. Mas agora ele quer viver, porra! Ele quer viver. Quer respirar novamente o cheiro do café durante a manhã. Quer olhar novamente o céu, as mulheres, os chafarizes, as oliveiras altivas, os jegues cinzas de seu vilarejo e a doçura resignada deles. E ele não entende que esses jovens que vê partindo para o front, com os peitos estufados, bundas empinadas à moda espanhola, estejam indo ser massacrados com um entusiasmo tão obstinado.

Foi o que José percebeu em alguns dias, aqueles que improvisavam essa guerra, esperando armas que nunca chegariam, não tinham habilidade nenhuma, eram dramaticamente ignorantes em matéria militar, incapazes, por exemplo, de ler um mapa de guerra, incapazes de estabelecer uma estratégia bélica qualquer, e incapazes, portanto, de deixar o exército preparado para a batalha. Nos cafés, ele os ouviu se acabarem em sarcasmos antimilitares, rir das correntes, correntinhas, medalhas, dragonas, bigodes e outras quinquilharias com as quais são decorados os suboficiais, e execrarem tudo o que, de perto ou de longe, lembrasse o chulé do batalhão.

E José não consegue não pensar que esse divertido desdém pelas coisas militares, que essa confiança imbecil dentro da moral e dos bons sentimentos corre o forte risco de conduzir esses militares à carnificina de jovens que partiram com toda pompa e circunstância para o maior bem da Pátria. Ele não consegue não pensar que a moral deles, assim como seus bons sentimentos, corre o forte risco de ser recebida a tiros de Mauser K90 e o idealismo do chefe acolhido pela metralhadora, que se mostra pouco receptiva, para os humanistas parecem homilias.

Esses jovens Don Quixote, que partem para o combate calçando pobres alpargatas e vestindo simples uniformes de algodão, não conhecem nada sobre práticas de guerra, de sua demência cega, de sua repugnante, de sua atroz selvageria. Desprovidos de experiência, empunham orgulhosamente fuzis caindo aos pedaços que não sabem usar, não sabem nem ao menos como colocá-los sobre os ombros, não sabem nem ao menos como apontar para um alvo através da mira, não sabem nem ao menos como introduzir as balas nos carregadores, usando na cintura granadas pré-fabricadas suscetíveis de explodirem em seus rostos ao menor movimento em falso, esses jovens voluntários que mal completaram dezoito anos podem apenas virar sucata diante de um exército tão experiente e poderoso como é o dos nacionalistas.

E quando chegam ao front, malnutridos, mal armados, mortos de sono, congelados de frio e em um tal estado de cansaço, isso tornará para eles suportável o assassinato coletivo que, em qualquer outra circunstância, lhes parecia abominável, quando não tiverem mais forças para conectar dois pensamentos, quando estiverem unicamente preocupados em sobreviver e em lutar sem fazer mais perguntas, quando cumprirão gestos autômatos sem mais nenhuma consciência do bem e do mal e sem o menor afeto, ao comando, descarregarão seus fuzis sobre outros jovens com ares mais marciais e uniformes impecáveis, mas igualmente iludidos pela propaganda do seu grupo que amplia de forma mentirosa seu combate e suas promessas, em troca de uma medalha póstuma ou, mais frequentemente, em troca de uma laje de concreto, o reconhecimento eterno da pátria, e como!

Mas, precisamente, pelo fato de José ser um camponês, ou seja, ser experiente em vencer a terra árida usando o arado, ele sabe bem que o pensamento não vence a matéria, sobretudo se esta toma a forma de um fuzil metralhadora MG34, ele sabe muito bem que não se pode lutar com três pedras e um ideal sublime contra um exército altamente treinado e provido de canhões, blindados, bombardeadores, tanques, peças de artilharia e outros dispositivos altamente qualificados para o aniquilamento de terceiros.

Quanto aos estrangeiros que se juntam às fileiras do exército republicano, símbolo da luta contra o fascismo, José os vê posarem diante dos fotógrafos, exibindo seus fuzis carregados na extremidade dos braços ou levantando para o alto os punhos da revolta, os vê dourar no terraço dos cafés, se embriagando de grandes palavras em maiúsculas e de emoções que as acompanham ou paquerando as guapas e murmurando cantadas de acordo com o estilo de seu país. Com o coração apertado, ele pensa que a presença deles é provavelmente mais simbólica que útil (repentinamente, lembra-se de que deve ficar de olho em sua irmã, que o primeiro desses bonitões poderia seduzi-la e engravidá-la da maneira mais concreta).

José sente um grande assombro dominá-lo. No entanto, ainda tem esperança de que, naquele momento, seja possível lidar com a revolução e a guerra. Ele ainda tem esperança. Mas algo em sua esperança lentamente se quebra.

Ele, que tinha fortemente sonhado ser o defensor de uma revolta, que abalaria para sempre a História, ele agora se pergunta o que está fazendo ali, vendo passar os caminhões carregados de jovens oferecidos ao abate, ouvindo os agentes russos com óculos redondos advertindo os estrangeiros contra os odiosos complôs tramados pelos anarquistas e testemunhando intermináveis brigas nos cafés entre libertários e comunistas, cada um deles se esgotando em designar os culpados do lado adversário, cada um deles refém de uma evidência, sendo cegos por um, enganados por outro, as brigas de lojistas que conhecia no vilarejo se repetiram ali de modo idêntico. Mas talvez o atormente ainda mais, por sua perplexidade nascidas das oportunidades de vitória do exército republicano, a ideia de ter deixado seu pai enfrentar sozinho os trabalhos nas lavouras. E do mesmo modo que tinha sentido em julho uma irrepreensível pulsão de partir, ele experimenta agora a mesma pulsão de voltar para junto dos pais, a quem continua ligado por elos que ele não saberia dizer de que textura são feitos.

Ele deve partir. Seu instinto o adverte para que parta.

Por ainda dois dias, coloca na balança os prós e os contras.

Então, um acontecimento precipita sua decisão.

Em uma noite, ele aproveita o frescor no terraço do café L'Estiu nas Ramblas. Está sozinho. Bebendo uma manzanilla. Observando as pessoas que passam. Prestando uma atenção distraída nas conversas que acontecem ao seu redor.

Em uma mesa próxima, dois homens matam vários copos de aguardente. Falam tão alto que é inevitável ouvi-los. São hilários. Arrotam. Felicitam-se. Estão extremamente contentes de si mesmos e proferem reciprocamente certificados de heroísmo. Deram um daqueles malditos tiros! Depois de ter encontrado dois padres apavorados em um porão, alvejaram o primeiro com um tiro de revólver, pam, bem no meio da cara, em seguida, disseram ao segundo que se cagava de medo, para ir embora correndo e atiraram pelas costas, assim que ele começou a correr, pam pam, dois padres mortos no mesmo dia! E achavam que voltariam de mão abanando! Nada mal o placar da caça! Precisava vê-los se cagando de medo, os padrecos! Impagável!

Eles se acham engraçados.

Estranham que José não compartilhe da alegria deles.

Seria ele um franquista ou o quê?

José passa a mão em sua testa, como um adormecido que acorda de um pesadelo.

Está devastado, assim como Bernanos, em Palma, está devastado no mesmo momento e por razões similares.

Permanece estático em sua cadeia, paralisado pelo pavor, mais morto que vivo.

Podemos, então, matar homens sem que a morte deles ocasione o menor sobressalto de consciência, a menor revolta? Podemos, então, matar homens como fazemos com ratos? Sem sentir o menor remorso? E se gabar disso?

No os arrodilléis ante nadie. Os arrodilláis ante vosotros mismos.

Que sordidez saltará no rosto desses dois assassinos se eles se ajoelharem um dia diante deles próprios? José não consegue mais fechar os olhos diante da verdade que manteve cuidadosamente distanciada da mente e, bruscamente, gesticula, vocifera e, violentamente, o interpela: toda noite, expedições punitivas de milicianos assassinam padres e suspeitos pretensamente fascistas. Talvez menos que em

Maiorca, apesar de eu não ter feito as contas dos crimes, a questão aqui evidentemente não é o número.

José, do mesmo modo que Bernanos em Palma, descobre que uma onda de ódio corrói suas próprias fileiras, um ódio permitido, encorajado, descontraído, como se diria hoje, e que se mostra orgulhoso e contente de si mesmo.

José deseja voltar para casa o mais rápido possível. Sua decisão está tomada. Ele não participará da guerra. Talvez o considerem um desertor, ele não se importa. Voltará para o vilarejo com Juan e Rosita. Montse, que se recusa a ir embora, ficará com Francisca.

Isso a fará crescer.

Ele não acredita muito nisso.

No dia seguinte, é dia 8 de agosto, minha mãe se lembra sem um pingo de hesitação (eu: você se lembra dessa data? minha mãe: até parece que eu tenho a cabeça nas núbens, é esse idiota de doutor que diz, mas você está vendo só!), no dia seguinte, o Conselho dos ministros do governo francês decide pela não-intervenção na Espanha, deplorando extremamente extremamente extremamente a guerra assustadora que destrói aquele belo país.

Españoles
Españoles que vivis el momento más trágico de nuestra historia.
¡Estáis solos!
¡Solos!

As alegações do escritor José Bergamín (católico, republicano, paradoxal, adido cultural na embaixada da Espanha em Paris), em vistas de obter apoios financeiros e morais, não serviram para nada.

Todas as associações de antigos combatentes franceses notificaram o governo francês que ele deveria permanecer neutro nos assuntos da Espanha e Saint-John Perse, medroso, foi nessa direção.

Quanto aos dirigentes soviéticos, eles ainda hesitaram, enquanto Hitler e Mussolini ajudavam as tropas franquistas a ultrapassar o estreito de Gibraltar.

Será necessário esperar o início de setembro para que Stalin decida apoiar os republicanos e que os primeiros barcos carregados de material militar deixem Odessa. Todos os discursos são fracos, diz minha mãe, para expressar o desengaño, a decepção mesclada de ira que José sente ao se informar sobre essas notícias. E quando eu coloco a marcha ré nos pensamentos, minha querida, percebo que a melancolia começou, se não estou exagerando, naquele momento.

Em Palma, os meses passam e o horror se confirma. Bernanos fica sabendo que "os cruzados de Maiorca", como ele se refere aos nacionalistas, "executam em uma noite todos os prisioneiros recolhidos nas trincheiras", os conduzem "como um rebanho até a praia" e os fuzilam "sem pressa, animal por animal". Terminado o trabalho, os cruzados colocam "o gado em pilhas — rebanho absolvido e não absolvido", depois os regam com gasolina.

"É bastante possível (ele escreve) que essa depuração pelo fogo tenha se revestido, em razão da presença dos padres em serviço, de uma significação litúrgica. Infelizmente, apenas no outro dia vi aqueles homens negros e brilhantes retorcidos pelas chamas, dentre os quais alguns se comprometiam em morte com poses obscenas, capazes de entristecer as damas palmesanas e seus distintos confessores".

Em Maiorca, a morte se tornou mestra.

A morte. A morte. A morte. Morte a perder de vista.

Na angústia e na repulsa que sente, Bernanos se esforça para continuar lúcido. Custe o que custar. "Você é para mim um irmão em desoladora lucidez", lhe havia escrito Artaud em 1927, o único, ou quase, entre seus contemporâneos que gostou de *L'Imposture*[12].

Lúcido contra a covardia e contra o silêncio.

Lúcido ao se obrigar a ver o terror à sua frente e testemunhar sem espera diante dos crimes sobre os quais os franquistas se mantêm calados.

Pois, diferentemente dos republicanos que se apresentam pela posteridade nas igrejas que destruíram, ou diante do cadáver dos religiosos que assassinaram (imagens que vão rodar o mundo), a propaganda franquista certifica-se de que não transpire imagem alguma testemunhando atrocidades perpetradas por el terror azul (terror azul, a cor do uniforme falangista).

Bernanos decide falar sobre elas (essas atrocidades).

---

[12] Romance de Georges Bernanos publicado em 1927. [N.T.]

Isso é por conta, diz ele, de sua honra, essa velha honra que é julgada como reacionária e que é, ele diz, uma coisa de infância, os jovens das periferias sabem bem disso.

Ele decide dizer que o slogan da Igreja, mil vezes repetido, LIBERTEMOS O TÚMULO DE CRISTO, não significa outra coisa que o extermínio sistemático de elementos suspeitos.

Ele decide dizer que os nacionalistas fazem reinar um regime de Terror, com a benção e o encorajamento da Igreja que profere santamente *Accipe militem tuum, Christe, et benedice eum.*

Um regime de Terror, ele escreve, é "um regime no qual o poder julga lícito e normal, não somente agravar desmesuradamente a característica de certos delitos com a finalidade de derrubar os delinquentes sob o golpe da lei marcial (o gesto do punho fechado é punido com a morte), mas também exterminar preventivamente os indivíduos perigosos, ou seja, suspeitos de se tornarem perigosos."

Bernanos lança um grito de alerta: Há um povo que precisa ser salvo. Não esperemos que os nacionalistas acabem por destrui-lo.

E ao se dirigir diretamente aos bispos, com essa ironia desesperada que é sua marca: "Mas não, Excelências, não coloco de jeito algum em dúvida vosso venerado irmão, o arcebispo de Palma! Ele foi representado como de costume na cerimônia por um certo número de padres" os quais, sob a vigilância dos militares, ofereceram seus serviços aos infelizes que iam ser alvejados, dando-lhes a absolvição.

A Igreja espanhola revelou com a guerra seu rosto assustador.

Para Bernanos, o irreparável foi consumado.

2

Recém chegado ao vilarejo, José encontrou seu amigo Manuel com quem tinha compartilhado do mesmo entusiasmo de julho mas que não teve coragem de deixar a família. José lhe contou os pormenores de sua estadia na cidade e a efervescência esplêndida que lá encontrou. Mas ficou em silêncio sobre as brigas entre facções, idênticas às do vilarejo, ficou em silêncio sobre a propaganda enganosa dos delegados políticos com sotaque russo e óculos redondos, ficou em silêncio sobre as risadinhas horrendas dos dois assassinos no café das Ramblas das quais ele nunca mais se esqueceria, como se deixar de falar sobre essas coisas ajudasse a calá-las nele mesmo, como se mentir por omissão lhe permitisse não desmoronar totalmente.

Seu amigo Manuel, tão entusiasta antes da guerra, o escutava agora com o rosto morno e como se as palavras que José pronunciava o enviassem para um tempo distante e quase inteiramente esquecido de sua vida. Tinha retomado seus antigos hábitos, provavelmente pressionado para se livrar da exaltação de julho e da possibilidade angustiante de ter que se confrontar com os ideais grandiosos que tinham inflado seu coração.

Tudo do que gostava e que defendia há um mês agora lhe era indiferente.

Pior, ele se dedicava a isso. A recusar.

E para se justificar, descompactava a miríade de reclamações que tinha acumulado em duas semanas contra seus antigos camaradas, a maioria delas eram absurdas e desprovidas de fundamento: que eram borrachos, preguiçosos, bichas que semeavam a merda com a única finalidade de satisfazer seus instintos libidi, libidi, libidinosos, que se mostravam exageradamente íntegros, algo igualmente preocupante, e que faziam o jogo dos nacionalistas, com tantos preconceitos e mentiras que haviam assumido em pouquíssimo tempo, um caminho de evidências (José logo constataria que as reclamações de Manuel tinham se propagado pelo vilarejo com a violência de uma epidemia gripal).

José se sentia desarmado.

Tão desarmado por essa maldade imprevista que não teve o impulso moral para defender o movimento que havia abraçado com tanto entusiasmo em Lérima.

Ele acha que subestimou a versatilidade dos homens e sua capacidade de virar a casaca.

Pensa que havia subestimado a necessidade que eles têm de ofender as coisas mais bonitas e de rebaixá-las.

E uma vez mais, se culpa por sua candura.

Mas ele ainda tinha esperanças. Nada mais teimoso, nada mais obstinado que a esperança, sobretudo se ela é infundada, a esperança é uma erva daninha.

E se seu entusiasmo tinha se esfriado singularmente desde os Dias Inesquecíveis, se sua ideia de revolução tinha se contaminado com uma sombra cuja superfície não parava de se expandir (eu: reduzida a uma pele cheia de feridas, minha mãe: como essa expressão é bonita!), algo nele, de seu passado sonhado se recusava a morrer.

Esforçou-se para se recompor.

Simulando um tom de desapego, pois não queria se passar por um ingênuo incorrigível, confessou a Manuel seu minúsculo projeto de levar instrução aos camponeses iletrados do vilarejo, voluntariamente mantidos em um estado de atraso do qual um certo Diego, descaradamente, abusava. Manuel fez uma careta. Ele dissimulava mal seu ceticismo. Tentou convencer José a se juntar ao grupo dirigido por Diego ao invés de tentar aventuras furadas. Caso contrário, ele assumia o risco de encarar os piores problemas. Cuidado con el pelirrojo! Atenção com o ruivo!

Nunca! José afirmou com toda a veemência. Preferível morrer a lidar com Diego! Ele não cederia nem um centímetro em sua convicção que era um poder apenas opressivo. Por nada no mundo ele queria reproduzir o erro de seus camaradas da cidade que, ao aceitarem participar do governo regional, perdiam pouco a pouco, da concessão à negação, o que lhes tinha dado força.

Mas, para José, o que ficou da discussão que se prolongou foi a importância que Diego havia ganhado em alguns dias no vilarejo.

Ficou sabendo que quase todos os camponeses tinham se unido a ele. Os mais hostis ao comunismo agora o elogiavam. Os bajuladores o bajulavam, Você é o homem ideal. Os sacanas o sacaneavam e demonstravam, para agradá-lo, hostilidade total às bobagens dos anarquistas. Os puxa-sacos se jogavam em cima dele por um aperto de mão dos mais marxista-leninistas. E as mães de família se curvavam devotamente diante de sus cojones, porque as mães de família gostam de se curvar devotamente diante de los cojones dos chefes (diz minha mãe).

José também fica sabendo, no decorrer da conversa, que seu próprio pai havia se tornado um de seus seguidores. Foi uma facada no coração.

Enquanto José, em seu vilarejo, se entristecia, Montse e Francisca, a quilômetros dali, não paravam de se deleitar com os prazeres da cidade. Toda noite, se sentavam nos terraços dos cafés onde, desde a revolução, podia-se consumir gratuitamente um copo de água sem ser mandado embora e observar a noite cair lentamente sobre os telhados dos imóveis.

Em uma noite de agosto, era uma quarta-feira, Montse sentou-se sozinha no café L'Estiu, onde tinha estado no dia de sua chegada, e reconheceu imediatamente, sentado à mesa ao lado, o jovem francês que havia recitado o poema sobre o mar.

Então nossos olhos se cumprimentaram e o amor despertou, diz minha mãe começando a cantar:

Las naran las naranjas y las uvas
En un pa un un palo se maduran
Los oji los ojitos que se quieren
Desde le desde lejos se saludan

O jovem pediu permissão para se sentar à sua mesa, o que ela aceitou sem cerimônias (pois uma revolucionária digna deste nome deveria desdenhar dessas vaidades, fingimentos, falsos pudores e outros sintomas de afetação burguesa).

O jovem se chamava André. Era francês. Falava espanhol com um sotaque impecável. Apresentava-se como um escritor iniciante.

Tinha saído de Paris há oito dias e esperava ser chamado para uma Brigada internacional para lutar no front aragonês. Tinha tomado, em Perthus, um trem lotado e sujo, mas logo esqueceu-se da sujeira diante da atmosfera superaquecida que reinava nos compartimentos, a cabaça de vinho branco passando de mão em mão, as declamações vibrantes, os cantos roucos, os xingamentos que se dirigiam a El Hijo de la gran Puta y su pandilla de cabrones, algo sombrio e exaltado, como um medo que se inverte triunfalmente, mas onde algo obscuro ainda sobrevive. Tinha sido recebido na plataforma da estação de trem por guapas com os braços carregados de flores que o tinham conduzido ao hotel Continental, onde era possível se alojar a uma tarifa irrisória e com um serviço perfeito.

Ele diz para Montse que sentia vergonha da França, vergonha da Europa que se submetia diante de Hitler, e vergonha da igreja que se metia com os militares.

Ele falava na manhã seguinte.

Ele tinha a noite para ele, a noite inteira.

Montse gostou dele desde o primeiro segundo, inteiramente, e para sempre (para os ignorantes, isto se chama amor).

Decidiram ir ao cinema cuja entrada era gratuita desde que os libertários se apoderaram da cidade. E mal haviam se instalado, se lançaram um contra o outro e trocaram um beijo impetuoso no escuro que ia durar não menos que uma hora e meia. Foi o primeiro beijo de Montse que, assim, fez uma entrada grandiosa no campo das volúpias, diante da tela onde eram exibidos outros beijos, provavelmente bem mais profissionais, mas por outro lado parcimoniosos.

E como, desde julho, nada se fazia de acordo com as regras anteriores, e como a moral tinha se colocado às ordens do desejo, e como ninguém se prendia mais às antigas imposições, e como todos, ou quase, lhes diziam para valsar sem a menor sombra de remorso (mas, no entanto, com um pouco de preocupação), Montse, depois do beijo de uma hora e meia que foi de uma doçura de morrer, aceitou sem hesitação acompanhar o francês até seu quarto de hotel. E ela não teve nem o tempo nem o pensamento de se perguntar se suas roupas íntimas eram adequadas (calcinha grande de algodão perfeitamente anafrodisíaca e camisete combinando) e desabaram na cama, se respiravam, se acariciavam, se misturavam apaixonadamente e faziam amor com uma emoção e uma impaciência que lhes faziam tremer, estou encurtando.

Caíram para os lados, ofegantes, suados. Olharam-se como se estivessem se descobrindo. Permaneceram um momento em silêncio. Então, Montse perguntou ao francês a que horas ele deveria ir embora. O francês, com a mão delicada, acariciou o contorno do seu rosto e lhe disse algumas palavras que ela não entendeu. Ele tinha uma voz trêmula, vibrante, inolvidable (diz minha mãe). Ela pede para que ele repita. Ele diz novamente palavras que ela não compreende, ou melhor, que ela compreende, mas de uma forma diferente da de seus sentidos (para os ignorantes, isto se chama poesia).

Às 7 horas da manhã, o francês olhou para o relógio. Sobressaltou-se. O tempo havia passado tão rápido. Ele estava assustadoramente atrasado. Vestiu-se às pressas, beijou-a uma última vez e partiu correndo em direção àqueles que o ajudariam a conduzi-lo ao front.

Montse chegou ao apartamento que compartilhava com Francisca com uma alegria imensa, uma alegria quase insuportável, uma alegria que levantava a terra como si tuviera pájaros en el pecho, uma alegria que a fazia querer gritar e que, literalmente, transbordava de seus olhos, ao ponto que, quando entrou na cozinha onde Francisca estava trabalhando, a irmã a olhou com uma expressão de medusa, e como se, de repente, ela tivesse mudado de matéria.

O que está acontecendo com você?

Estou apaixonada.

Desde quando?

Desde ontem à noite e para toda a vida.

Rapidamente as grandes frases!

É a época das grandes frases, respondeu Montse, radiante.

E como ela morria de vontade de declarar para o mundo inteiro sua tão recente felicidade, contou para Francisca o encontro com o francês e o beijo de uma hora e meia que tinha subido até sua alma (ou descido dependendo do ângulo do qual situamos a coisa), deixando no silêncio as reviravoltas na cama de hotel e o que delas tinha sucedido.

Nos dias, meses e anos que se seguiram, Montse não parou de pensar no francês (que não daria nunca mais notícias pelo motivo certo de que ela não tivera tempo para lhe falar nem seu sobrenome nem o endereço de sua residência). Como ele estaria dormindo? O que estaria comendo? Ele estaria pensando nela como ela pensava nele? Em que front estaria lutando? Será que ele estaria com frio? Estaria com fome? Estaria com medo? Estaria vivo ou morto? Ela nunca saberia e se perguntaria milhares de vezes durante os setenta e cinco anos seguintes.

Sua menstruação não veio na data prevista. Os dias passaram, a menstruação não vinha e Montse teve que admitir que estava realmente embarazada de quem minha irmã e eu chamávamos desde a infância de André Malraux, por não conhecer seu verdadeiro nome.

Montse tinha ouvido seu irmão se alegrar com a legalização do aborto que, segundo ele, contribuía enormemente para a emancipação das mulheres. Imaginou por um instante ter recursos para isso. Mas algo nela resistia a essa decisão e adiava o prazo todos os dias.

Francisca acabou notando que algo acontecia com Montse. Ela que cantava de manhã até a noite (pois tinha disposições inauditas para o canto, e estou convencida de que, corretamente agenciada por algum empresário, ela poderia ter ficado famosa e tido uma carreira de cantora, tanto que seu dom musical se unia a uma grande beleza, isso é dito sem nenhum viés, uma carreira que teria permitido melhorar consideravelmente o estado de suas finanças e lhe teria aberto as portas do grande mundo e outras oportunidades das quais poderia ter aproveitado), ficava, então, silenciosa, o rosto em suas duas mãos, absorvida por um sonho triste, tão absorvida em seu sonho triste que seus pratos queimavam regularmente quando cozinhava, e que os grãos-de-bico se transformavam toda vez em cinzas, Montse só percebeu que estavam queimando quando uma fumaça espessa invadiu o cômodo.

É pela mamãe que você está sofrendo? perguntou-lhe um dia sua irmã Francisca, alarmada pela repetição dos pratos carbonizados.

Montse se lembrou de repente de sua mãe a quem não tinha dado nenhum sinal de vida apesar de lhe ter prometido.

Sim, diz ela, caindo no choro.

Francisca a toma nos braços, o que a faz chorar duas vezes mais alto. E depois de uns bons dez minutos de lágrimas e palavras incompreensíveis murmuradas no pescoço da irmã, ela lhe confessa que estava esperando uma criança e que tinha apenas um recurso: se suicidar.

Com a solução do suicídio descartada (bem rapidamente), Montse não quis continuar mais por muito tempo na cidade. Um ímpeto irresistível, animal, a conduziu a ir ao encontro da mãe, por mais que ela, pertinentemente, soubesse o que aconteceria: as lamentações sem fim, as rezas lacrimais, os Dios mío, os Santíssima Virgem do Menino Jesus, os O que as pessoas vão dizer? etc.

Em uma tarde cinza de outubro, seis dias depois de que o general Millán Astray teria jogado na cara de Unamuno, reitor da Universidade de Salamanca, MORTE AOS INTELECTUAIS, VIVA A MORTE, seis dias, então, depois deste chamado ao assassinato que se tornaria o grito de alistamento dos nacionalistas, e justo dois meses depois de sua partida tão feliz em direção à cidade, Montse volta ao vilarejo com uma criança na barriga, um rádio portátil na bolsa e a certeza de que sua vida acabava naquele momento preciso e que estava deixando para trás, para sempre, sua juventude e sua alegria.

Teve a impressão que tinha deixado o vilarejo há muito tempo, muito tempo, em uma outra história, em uma outra vida.

Ela o julgou austero, triste no último grau e tão desértico que teve o sentimento de que, desse modo, sua presença ali era assustadoramente visível, exorbitante, e que atrás das persianas todas as fofoqueiras a observavam.

Desceu a ladeira que levava à casa da família, empurrou a porta do estábulo, subiu lentamente a escada, entrou na sala que lhe pareceu de uma feiura desesperadora com seu horrível aparador e o crucifixo de madeira pendurado acima (crucifixo, notemos, que sua mãe tinha se recusado a retirar, fazendo que o marido e o filho cedessem, os dois considerando com magnanimidade que sua teimosia era um capricho de boa dona de casa com consciência política subdesenvolvida, mas que era melhor não contrariar), e ela pensou que estava voltando para sua casa natal com uma alma de estrangeira.

A mãe surgiu da cozinha e se jogou em seu pescoço, Hija de mi alma déjame que te mire! E, longamente, contemplou Montse, que tinha visto partir adolescente como uma ingrata e que voltava uma moça plena (sobretudo a barriga, diz minha mãe aos risos). Como você mudou! Como você está linda!

Por outro lado, de volta da lavoura, José não pareceu feliz ao revê-la e perguntou brutalmente a causa de sua vinda. É porque a gente só tem uma mãe, balbuciou Montse. Agora essa! exclamou José. Cale a boca! diz a mãe, fingindo tirar uma sandália e jogar em sua cara.

Montse constatou que o irmão e a mãe tinham retomado seus hábitos de velho casal e essa constatação, sem que ela soubesse o porquê, trouxe-lhe um pouco de conforto.

Na manhã seguinte, Montse, que não tinha dormido nem por um segundo, que tinha se perguntado a noite toda como e quando informar a mãe sobre a gravidez, decidiu confessar. Mal tinha levantado e, sem pensar, anunciou que estava esperando um filho cujo pai tinha morrido em combate, essa versão dos fatos lhe parecia mais nobre e aceitável que a simples verdade.

Aconteceu, então, o que ela temia. A mãe caiu em vibrantes lamentações: que ela estava jogando a família na desonra, que estava sujando o nome e a reputação deles, que era a maior vergonha de sua vida, que iriam apontá-la, que a arrastariam na lama, que se o assunto vazasse, seu pai a mataria

Não espero nada diferente disso! respondeu Montse sem titubear com o semblante feroz.

O que acabou com as lamúrias, mas não com os suspiros chorosos, os tristes rostos, as exortações reiteradas para não divulgar a coisa de jeito algum, nem com as rezas fervorosas a Jesus e à Santíssima Virgem, que a ajudariam a encontrar o socorro salvador (o socorro, na verdade, viria de um encontro bem terreno, mas não vamos revelar nada antes da hora).

Bernanos, por sua parte, não parava de meditar sobre os acontecimentos da Espanha que permaneceriam em seu pensamento até o fim de seus dias e marcariam para sempre suas ideias e sua fé.

As infâmias da Igreja que o tinham paralisado de horror, o cinismo, as frias especulações, a prudência senil o levavam a afirmar paradoxalmente seu amor ao Cristo com uma paixão redobrada.

Mas seu Cristo não era aquele, o mágico da mãe de Montse, nem o vingativo e inclinado a ver o mal em todos os lugares como o de doña Pura, menos ainda aquele, o poderoso, do bispo-arcebispo de Palma.

O Cristo dele era simplesmente o dos Evangelhos, o que socorre os mendigos, perdoa os ladrões, bendiz as prostitutas e todos os humildes e todos os humilhados e todos os descalços queridos em seu coração. Era aquele que diz a um rapaz rico: Vá, venda teus bens e dê aos pobres. Caramba, era só ler os Evangelhos! Aquele que os vomita, que fala e não faz, aquele que coloca fardos pesados nos ombros dos outros enquanto ele mesmo descansa. Bastava abrir os Evangelhos em qualquer página! Aquele que menospreza vãs grandezas e reserva sua ira às figuras proeminentes que se empanturram junto aos poderosos e se derretem de prazer ao ouvir serem chamados de senhores. O Cristo de Bernanos era, supreendentemente, bastante próximo do Cristo fraternal de Pier Paolo Pasolini, que via na figura de Jesus e nos que o acompanhavam, sem ter onde caírem mortos, os pobres refugiados dos dramas de hoje.

Era aquele que não tinha sido colocado na cruz pelos comunistas nem pelos sacrilégios, ressalta Bernanos com sua ironia mordaz, "mas por padres pomposos aprovados sem ressalvas pela grande burguesia e pelos intelectuais da época que eram chamados de escribas". Seria necessário, então, dizer novamente essas verdades elementares aos pontífices espanhóis e a seus devotos?

E o que estavam fazendo esses devotos da graça de Deus que abriu as portas duplas do amor? Ela não deveria se irradiar por eles como uma lâmpada elétrica? Onde, diabos, esses dissimulados escondiam a alegria de amar os miseráveis?

Era preciso repetir para eles, soando os sinos, que o Cristo tinha sido um pobre entre os pobres, como mais tarde o Poverello que anunciava nas estradas da Úmbria o reino da pobreza. Mas "os devotos são uma gente esperta. Há tanto tempo que o Santo passeava pelo mundo ao lado da Santa Pobreza que ele chamava de sua senhora, não ousaram dizer nada. Mas assim que o Santo morreu, o que você está querendo? eles se encontravam tão ocupados em honrá-lo que a Pobreza se perdeu na multidão em festa... A ralé dourada ou arroxeada tinha se safado. Ufa!" Nenhuma impostura aos olhos de Bernanos se igualava a essa.

Por ter escrito, ele seria acusado de fazer o jogo dos comunistas contra os nacionalistas que seus antigos amigos apoiavam.

De volta ao vilarejo, não bastaram nem dois dias para Montse constatar que o ar estava ainda mais irrespirável do que ela havia pensado. Depois do tumulto feliz de julho se sucedera um clima de desconfiança que impregnava todas as relações, até as mais íntimas, algo impalpável, algo ruim e deletério que impregnava o ar, que impregnava os muros, que impregnava as plantações, que impregnava as árvores, que impregnava o céu e toda a terra.

E ela, que tinha sentido de forma tão intensa a felicidade de ser livre, reencontrou o inferno das mesquinharias. Pensou que o controle de todos por todos que sempre se exerceu no vilarejo, mas agora com furor, a faria definhar. Ela achou que, mesmo que passasse a vida inteira ali, nunca mais se acostumaria com as fofocas levadas a tais extremos que o único gesto feito por uma moça ao acender um cigarro era comentado por semanas inteiras, assim como as doenças ditas de mulheres, doenças cujos órgãos afetados nunca eram nomeados, cuja simples pronúncia era julgada inconveniente, senão francamente obscena.

Ela ficou sabendo pela boca de Rosita que a maioria dos moradores do vilarejo tinham se ligado a Diego e que os confrontos tinham se tornado tão violentos entre ele e seu irmão que alguns previam atos irreparáveis.

É porque não havia nada entre aqueles dois que pudesse reconciliá-los.

Minha mãe: Eran la noche y el día.

Um era tão jovem quanto o outro velho, se as palavras juventude e velhice têm um outro sentido além do biológico. Um era fogoso, imprudente, rápido, todo nervoso, frágil e cavalheiresco. O outro era calmo, ou melhor, cheio de uma vontade de controlar os acontecimentos e a si mesmo, o que o fazia medir cada gesto e pesar, sobrepesar, avaliar e calcular cada decisão (minha mãe: sinto que sou injusta. Sinto que vou ser injusta). Sua sensibilidade tornava José vulnerável, mais vulnerável do que quem quer que fosse, ela o esfolava. Ela endurecia Diego, o deixava indiferente, o blindava. José tinha um saber que não vinha nem do ensino escolar nem de um legado familiar, mas ele tirava um proveito extraordinário das raras leituras feitas por acaso e em jornais que encontrava. Diego estava sempre mobilizando sua inteligência contra algo ou contra alguém e rejeitava violentamente o saber paternal, que, dizia ele, só servia para reforçar sua arrogância de casta (minha mãe: acho que estou sendo injusta). Um se revoltava diante das intrigas e baixas estratégias, frequentemente, utilizadas por políticos. O outro, acostumado a experiências violentas apesar de sua jovem idade e desconfiando dos homens, de todos os homens, sem exceção, avançava prudentemente, com os passos contados, sabendo aceitar os compromissos necessários às suas lentas e cautelosas perseguições.

Um incarnava a poesia do coração, o outro a prosa realista, digo, impulsionada por um gosto exagerado por citações.

Algo así, diz minha mãe.

Um se inflamava pelos sonhadores utópicos que tinha vislumbrado em Lérima, quando o céu queimava. O outro, provavelmente porque toda autoconfiança íntima lhe faltava, se importava em se enquadrar em princípios de ordem (a odiosa ordem dos peões, disse José embora nunca tivesse lido Bernanos), projetos robustos e bem delimitados e ideias bem retangulares. E quando, por acaso, se encontrava na presença de José, ele se dedicava em exagerar, por conta de um tipo de orgulho às avessas, seu lado prosaico, lhe enviando pelas narinas considerações de um pragmatismo espantoso ou, armado com o martelo do dogma, a grandes golpes de importância capital do realismo na política (esse realismo que José, embora não tivesse lido Bernanos, dizia que era o bom senso dos canalhas).

Mas, secretamente, Diego (de acordo com a humilde opinião de minha mãe) invejava José por suas imprudências, sua radiante beleza, as explosões imaginárias que ateavam fogo em seus olhos e um poder de desordem que descobriu nele e que ao mesmo tempo o seduziu e o dominou. Diego tinha (sempre de acordo com a humilde opinião de minha mãe) inveja de José, uma inveja conturbada, selvagem, talvez apaixonada e da qual não sabia como se livrar.

A sequência de acontecimentos apenas confirmaria a hipótese materna.

Depois de se debruçar sobre a vergonhosa e terrível notícia da gravidez, a mãe, no final de outubro, veio encontrar Montse no quarto do sótão, onde ela passava os dias, e lhe anunciou, encantada, que tinha um plano, sobre o qual, no momento, não poderia dizer uma só palavra.

Montse, com o olhar perdido, não fez nenhuma pergunta, não pediu nenhuma explicação, não expressou nenhuma curiosidade. Naquele momento de sua vida, Montse pensava somente naquele que minha mãe e eu apelidamos, desde a infância, de André Malraux. Ela só pensava nele e não ligava para o resto. Ela não queria saber se uns e outros estavam se matando, ela não se importou se Léon Blum se recusou a ajudar a Espanha e se a Inglaterra, preocupada em manter o que lhe restava de poder, agiu da mesma maneira, ela não ligava para o que deixava seu irmão em desespero ao saber que o governo espanhol se via, além disso, proibido de comprar armas de empresas privadas e coagido por esse fato a se jogar nos braços da URSS, a única a aceitar ouro espanhol em troca de material de guerra. Todas essas coisas (diz minha mãe) eram as mais pequeñas das minhas preocupações, eu tapava os olhos, digamos assim.

Uma semana depois do anúncio enigmático da mãe, enquanto ela quebrava as cascas de avelãs, esmagando-as com fortes golpes de pedra como se achasse ali uma saída para seu sofrimento, ela ouviu baterem à porta de entrada e sua mãe descer as escadas a toda velocidade, depois subir novamente, acompanhada por Diego em pessoa.

Montse ficou tão surpreendida que não pôde, em um primeiro momento, articular uma só palavra.

Mas Diego, que nunca tinha ousado lhe dirigir a palavra, nem mesmo se aproximar ou furtivamente esbarrar nela durante a jota de domingo, declarou que estava muito contente de revê-la aqui, quebrando avelãs, e não na cidade onde as coisas, disse ele, estavam azedando. E Montse retomou lentamente os pensamentos. Ela achou que Diego tinha mudado.

Seu rosto lhe pareceu menos fechado, menos duro, menos obstinado, e sua timidez menos paralisante, embora ao vê-lo um rubor se espalhasse por suas bochechas.

Trocaram banalidades enquanto a mãe os deixava por um momento para buscar a aguardente na cozinha.

Aproveitando essa ausência, Montse começou a pensar muito rapidamente, muito intensamente, e, de repente, antes mesmo de saber o que sairia de sua boca, perguntou para Diego se ele sabia.

Diego compreendeu imediatamente qual era a coisa que se esperava que ele soubesse. Ele disse sim. Ele ficou vermelho. Pararam de falar. Montse, aliviada, mudou de conversa e perguntou sobre os últimos comunicados da guerra dos quais ele era o primeiro do vilarejo a ter notícias.

Franco, em sua imensa indulgência, deu a ordem a Yagüe, o carniceiro de Badajoz, onde executou quatro mil vermelhos, de proibir a castração dos prisioneiros, já que as eviscerações e decapitações eram as únicas torturas autorizadas. Mas nós ainda temos Madrid, diz Diego, que sentia orgulho em se mostrar informado não por falatórios fantasiosos, mas por comunicados oficiais e falas não menos oficiais que lhe chegavam por intermédio do telefone, com uma vantagem de dois ou três dias sobre os boatos veiculados no vilarejo. Diego dizia nós, nossos soldados, nossa guerra, nossas dificuldades, nossas chances de vitória, como se fossem coisas pessoais.

E Montse ficou um pouco irritada.

Depois desse breve encontro que a cuidadosa diplomacia de sua mãe havia providenciado por não se sabe quais astúcias e estratagemas, Montse passou noites e noites sem dormir.

Ela deveria concordar com os desejos da mãe? consentir o casamento? já que era mesmo sobre casamento que se tratava, ainda que nem ela nem Diego tivessem dito uma palavra sobre isso. Ela deveria aceitar se casar com um homem pelo qual não sentia nenhuma atração, um homem que nunca a tinha tocado a não ser pelos olhos, um homem com o rosto severo e a cabeleira cor de rabo de vaca, um homem cujos discursos que martelava em público eram feitos de uma linguagem quadrada que a angustiava, ela não saberia dizer o porquê, uma linguagem na qual as palavras eficacidade e organização saíam de sua boca como de uma pistola. Estou exagerando, diz minha mãe, mas você está entendendo? Ela deveria consentir esse casamento ao mesmo tempo que teria dado toda sua vida para que o francês voltasse para ela?

Naquele momento, Montse ainda nutria a esperança irracional de que, voltando do front, o francês a encontrasse, a tirasse do vilarejo e a levasse para seu país para começar dias felizes com o bebezinho deles.

Ela pensava nele tanto durante o dia quanto à noite. Ela pensava naquele homem adorado que não teve tempo de conhecer por conta das circunstâncias que os pegaram de surpresa, e de quem ela não tinha ao menos uma foto. Ela pensava naquele homem de quem ignorava a infância, as preferências, as fraquezas, os encontros que teriam feito dele o que ele era, aquele homem sobre o qual ela desconhecia quase tudo, desconhecia até o sobrenome e, portanto, era impossível que ela o encontrasse ou o rastreasse, mesmo se ela tivesse a obstinação de um detetive, mas um homem que ela sabia que lhe era destinado e que ela amaria com um amor igual ao sofrimento que a devastava.

Ela via constantemente seu rosto debruçado sobre o dela, ela via seus olhos onde se refugiava, a mecha de cabelo na testa que ele levantou mexendo a cabeça e a cicatriz em forma de estrela fincada na bochecha esquerda e na qual ela havia dado os mais doces beijos.

A ausência dele devorava seu coração.

Ela estava tão preocupada com seu amor que não percebia o frio do sótão nem as primeiras vibrações da criança que estava carregando. Teve até mesmo o sentimento alucinado de que seu amante estava ali, bem perto dela, durante alguns segundos, antes de desmaiar.

Os dias passavam e Montse ainda tinha, mas cada vez de forma mais fraca, a esperança de que André Malraux aparecesse um dia e a salvasse daquela existência. Céus, faça com que ele volte, ela murmurava enquanto sua inteligência decretava severamente a loucura de um tal desejo. Viveu três meses nessa expectativa desesperada, três meses durante os quais sua mãe lhe injetou gota a gota o imperceptível veneno da chantagem da infelicidade. Ela pensou que se o francês não a encontrasse, morreria.

Mas sua barriga aumentava, muitas carapaças cresciam, o francês não dava sinal, e, no entanto, ela sobrevivia.

Um dia, ela acabou admitindo que o francês não voltaria nunca. Esperança morta. Exceto em sonhos. Pois eu sonhei com ele, querida, por anos e anos.

Ela previa então quatro soluções:

Ou ela se suicidaria saltando no celeiro pela claraboia do sótão.

Ou ela se decidiria viver como menina-mãe, como se dizia na época, ou seja, como uma desgraciada, cuidando de uma criança desgraciada e que seria chamada de bastarda (a ideia sugerida por Rosita de fazer todos do vilarejo acreditarem que a criança tivesse sido concebida sem a intervenção masculina, operação ainda chamada de partenogênese nos tratados científicos ou operação do Espírito Santo, nos tratados católicos, lhe parecia dificilmente defensável).

Ou ela fugiria para a cidade, daria à luz em qualquer lugar, encontraria qualquer trabalho e deixaria seu bebê com alguma babá.

Ou ela aceitaria se casar: infelicidade menos cruel e provavelmente mais tolerável do que as infelicidades anteriormente previstas.

₱

Foi esta última solução que seu desejo de viver contra todas as possibilidades e a lenta pressão exercida pela mãe a levaram a aceitar.

Então, um dia, depois de centenas de lutas com sua consciência e seu coração, ela engoliu as lágrimas e consentiu o casamento que tinha que ser chamado de casamento arranjado.

Ela consentiu o casamento, isto quer dizer um nome, uma posição garantida e um certificado de boa reputação, pelos quais trocou sua breve juventude e suas esperanças de amor.

Sua mãe gritou de alegria. Graças à ajuda do Senhor Todo-Poderoso (notoriamente apoiado, nesse caso, por atividades muito clandestinas, mas nem uma palavra sobre o assunto!), sua filha se casaria com um señorito! Sua filha, Deus seja louvado, estava prestes a entrar para uma família cujo estilo de vida era invejado por todos! ¡Qué suerte! ¡Qué felicidad!

Com um homem feio, a esfriou Montse.

Os homens não têm que ser bonitos, retrucou a mãe.

Eles têm que ser o quê?

Têm que ser hombre y nada más.

Isso encerrou o debate.

A mãe de Montse, de quem todas as fibras maternais tremiam de orgulho com a ideia de que a filha fizesse parte, daquele momento em diante, da classe dos abastados e frequentasse, graças aos céus, gente de calidad, anunciou orgulhosa a boa nova para as vizinhas que exclamavam em coro:

Que sorte!

Ela é sortuda!

Ela não vai perder nada!

Ela está pronta para o futuro!

Ela achou o número certo!

O entusiasmo rapidamente se acalmou assim que a mãe de Montse virou as costas, cada uma fazendo seu comentário:

A pobrezinha vai ver só!

Com aquele dragão de doña Pura, lamento por ela!

E a doña Sol, infeliz como as pedras!

Naquela casa fria como uma tumba, obrigada!

Eu digo que é melhor ser pobre e feliz do que rica e infeliz! Opinião aprovada pelas vizinhas por unanimidade.

Não sei por que essas observações relatadas por minha mãe ressoavam com a frase de Bernanos que li naquela mesma manhã e que dizia, eu a cito de cabeça, que os homens endinheirados desprezam aqueles que os servem por convicção ou estupidez, pois se julgam realmente defendidos somente pelos corruptos e depositam sua confiança apenas nos corruptos.

Mas pensando bem, fica claro para mim que é o meu presente que essa frase questiona. A cada dia mais, me dou conta de que meu interesse apaixonado pelos relatos de minha mãe e o de Bernanos conservam essencialmente os ecos que despertam na minha vida de hoje.

Voltemos a Montse, para quem o mais difícil ainda estava por ser feito: informar José sobre seu casamento.

No entanto, desde sua volta, José tinha apenas uma ideia na cabeça: tentar bloquear o caminho para a política de Diego, que estava apostando alto nas cartas stalinistas. Bloquear o caminho dele o quanto pudesse. Mas suas forças estavam fracas, ele foi forçado a admitir. Com muita folga, as de Diego prevaleceram na balança. Como aliado, ele poderia contar somente com Juan. Era pouco. Só havia uma saída, dar uma de desmancha-prazeres, em outras palavras, ser do contra, em outras palavras, recusar-se a compactuar com os esquemas de Diego. Dar uma boa surra nele era uma opção secundária. Ele não a descartava.

José nutria um desprezo profundo pela autoridade, pelo sectarismo, pela prudência e pela rigidez que Diego incarnava, um desprezo orgânico, um desprezo irrefreável que o levava a ceder às impertinências assim que ficava em contato com ele. Imitar cacarejos durante as reuniões que Diego organizava, fazer chifres de diabo cantando *rumba la rumba la rumba la*, ou levantar o dedo como um aluno para declarar Antes de qualquer esforço intelectual, um conselho, comam papagaio! lançava com uma satisfação infantil que as pessoas do vilarejo, vigorosamente, repreendiam.

E Diego não suportava essas chatices dirigidas a sua autoridade masculina, elas o feriam muito mais do que questões sérias e bem argumentadas.

Também ninguém ficou surpreendido quando ocorreram os trágicos acontecimentos de dezembro.

Mas, para que você compreenda bem o encadeamento dos fatos (minha mãe diz), é preciso que você sabe[13] que a violência que existia entre Diego e José remontava aos anos de infância, sobre isso vou te contar em outro formuleiro[14] de detalhes.

Quando Diego chegou em sua família, em 1924 (tinha sete anos), don Jaime queria que ele fosse escolarizado na escola do vilarejo. Acreditando ajudar, doña Sol, apaixonada pela elegância inglesa, enfeitou-o em seu primeiro dia de aula com um blazer de meia estação azul marinho com duplo abotoamento, corte perfeito, botões dourados e brasão no bolso representando uma coroa sob a qual dois leões descansavam.

Essa roupa de uma elegância incongruente despertou imediatamente a animosidade dos meninos de sua turma, todos malvestidos, remendados e de uma limpeza duvidosa. E durante o recreio, José, que já possuía a imagem de chefe, o excluiu do jogo de bolinhas de gude, alegando que o señorito corria o risco de sujar sua fantasia de carnaval.

Diego recebeu aquilo como um golpe em seu amor-próprio, do qual se lembraria por toda a vida, uma ferida que viria reavivar com o tempo a memória de todas aquelas que ele tinha sofrido no decorrer dos primeiros anos. Desde então, isolou-se em uma torre de orgulho, recusou-se a brincar com aqueles que o tinham mortificado, preferindo ficar sozinho durante os recreios que se arriscar a ser maltratado pelo grupo, pois tinha aprendido, desde a tenra infância, tenra não é a palavra certa, desde sua primeira infância, a se expor ao menor número possível de oportunidades de sofrimentos e humilhações.

Quanto a José, ele continuou exercendo implacavelmente sua crueldade, o deixando fora dos jogos de bola de gude, o chamando de chiquita ou señorita ou de camarão, debochando de seu cabelo cenoura, e ressaltando seu desprezo de mil e mil maneiras. E por mais que não tivesse nenhuma razão séria para odiá-lo, continuou grudado

[13] Reprodução de erro gramatical. No original: *Il faut que tu sais.* [N.T.]

[14] No original: fourmilière. [N.T.]

à sua aversão que não era uma aversão ao que Diego era fundamentalmente, mas ao que ele personificava sem querer e, talvez, naquela época, sem saber: o pertencimento a essa classe arrogante de abastados que não queriam abrir mão de nenhum de seus enormes privilégios, era isso o que José, instintivamente, odiava.

Resultado: brigas violentas entre os dois, com socos e chutes de galocha, ao menor pretexto, muitas vezes evitadas. E toda vez: o espanto de José diante da brutalidade selvagem dos golpes e a determinação feroz de Diego que nem sua cor pálida, suas nádegas finas ou seus ombros caídos deixavam demonstrar. Dessa forma, com o passar do tempo, José se convenceu de que Diego, com todo aquele furor frio, fanático, com aquela maldade que vinha não se sabe de onde e com aquela vontade desvairada de vencer que mostrava quando se estrangulavam rodando no chão do pátio, de alguma forma ele conseguia o que queria. Acostumado a superar seus sofrimentos sem a ajuda de quem quer que fosse, Diego não confidenciou uma só palavra aos pais sobre o triste destino escolar ao qual fora submetido e não deixou que nada transparecesse a respeito dos abusos que sofria. Mas se recusou violentamente de se fantasiar para comungar e ficou a cada dia mais taciturno e cada vez mais agressivo com os pais e especialmente com aquela que era chamada, exceto por ele, de madrasta.

Privado de amigos, Diego arrastava sua solidão pela sombria e fria casa dos Burgos em companhia de seu pequeno tanque de guerra e de soldadinhos de chumbo que o pai tinha lhe dado, e foi nessa sombria e fria solidão que ele reforçou essa posição de distância obscura em relação a sua família, que teve que manter durante toda a vida.

Na adolescência, Diego começou a procurar o contato de meninos de sua idade e, curiosamente, o contato de José. É a época em que todos os adolescentes buscavam o contato de José, todos queriam se parecer com ele, todos queriam caminhar com as mãos como ele (ser do contra era o que ele propunha de alguma forma aos camponeses de seu vilarejo em julho de 1936), todos tentavam imitar sua forma de se vestir (mal) e de se pentear (mal), todos tentavam imitar sua rebeldia natural, sua rebeldia biológica, sua rebeldia epidérmica à autoridade dos adultos, todos tentavam imitar sua insolência diante do padre don Miguel que queria privá-lo da comunhão solene, e todos tentavam imitar sua ironia mordaz e a afiação de seus discursos contra o atraso do vilarejo, contra esses camponeses atrasados e contra o babaca de seu pai que se mijava diante daquele degenerado de Burgos que, descaradamente, se passava por pequeno marquês.

Diego procurou sua companhia, tentou se aproximar sob pretextos insignificantes, quis forçar amizade e fez, de certa forma, alguns avanços. Mas deparou-se com a intransigência abrupta e inabalável de José, cujo orgulho, exaltado pela pobreza de suas origens, levou-o a adotar diante de Diego uma comiseração desdenhosa, quando não a rejeição mais injusta e mais grosseira.

Diego ficou profundamente machucado. E talvez sua adesão ao Partido tenha sido para ele a ocasião de provar a José que ele estava enganado sobre sua pessoa.

Mas quando a guerra estourou, essa adesão apenas agravou suas divergências. E o que antes era para eles apenas uma inimizade trivial, infantil, intensa, mas sem graves consequências, com a guerra tinha se transformado em ódio político, o mais feroz de todos os ódios e o mais insano.

Tanto que, em novembro de 36, tratava-se, para os dois, somente de pensar e agir contra o outro.

De um lado, José afirmava preferir mil vezes o caos e a fragilidade do que aquilo que nasce da ordem monstruosa estabelecida pelos bolcheviques e admitida por Diego sem repúdio nem revolta. Ele continuava defendendo a ideia de coletivos agrários, clamando sua confiança na Coluna Durruti e se enfurecendo contra Stalin, cujas promessas de enviar armas às milícias libertárias assim que elas consentissem se militarizar, a seus olhos, não passavam de uma infame chantagem.

Do outro, Diego incorporava a Ordem, a Instituição, o apoio ao exército regular e a adesão sem reservas à União Soviética. Desde que tinha se envolvido na prefeitura, dedicava-se, entre outras solenes tarefas, à redação semanal de relatórios destinados às altas instâncias. Tinha se apaixonado pela escrita de seus relatórios, chegando até, tamanha era a sua paixão pela papelada, a redigir vários relatórios num mesmo dia, nos quais observava que o vilarejo permanecia calmo graças ao bom senso inato dos camponeses nativos do local, e isso tudo apesar das ameaças feitas a ele por um pequeno bando de agitadores conhecidos, descrições completas com uma série de pormenores tão anódinos quanto inúteis, relativos a esses últimos:

horários, deslocamentos, vestimentas, dimensões, falas relatadas, bebidas ingeridas, etc.

Com a mesma minúcia, lustrava os boletins de propaganda, não hesitando em destruir os conspiradores a serviço do inimigo e organizava meticulosamente campanhas ditas de alfabetização que consistiam em convocar as populações camponesas a uma sala da prefeitura para: primeiramente, vangloriar-se da organização das milícias comunistas, modelos de coesão e de disciplina, e em segundo lugar, avisá-las sobre o perigo que os causadores de confusão faziam pesar sobre elas, você me entendeu.

É inútil especificar que os camponeses presentes, normalmente prudentes, normalmente covardes e normalmente puxa-sacos, se sentiam um pouco obrigados a aplaudir. O temor e a obediência, mascarados em tempos de paz, se mostravam visíveis em tempos de guerra, comenta minha mãe filósofa. Você tinha que ver como aclamavam o Marechal Putão[15] nos primeiros anos de meu turismo na França, desculpe o humor, (alusão às peregrinações dos anos 39-40, durante as quais minha mãe e Lunita vagaram em campos de concentração e campos de internamento, para o maior proveito de seus saberes geográficos, peregrinações cuja lembrança minha mãe, excepcionalmente, ainda guardava).

Para estabelecer seu poder, Diego se esforçou em pronunciar as palavras Pátria e Pueblo com solenidade, a troco de nada, repreendeu Carmem, a secretária da prefeitura. Cortou orgulhosamente a fita inaugural da cantina, controlou com seu cuidado policial a espessura das cascas das batatas descascadas por Rosita para a refeição das crianças, deu instruções peremptórias aos quatro jovens que se colocaram a seu serviço, impacientes para se submeterem à dominação de alguém diferente do próprio pai, ordenou-lhes fazer coisas inúteis como contar o número de clientes do café de Bendición, decretou a suspensão das festas religiosas para o grande desgosto de sua tia que teve tonturas, substituiu o Dia dos Reis pelo Dia das Crianças, convocou um e outro a fim de obter precisões sobre suas rotinas e verificar

[15] Numa sátira a Marechal Pétain, que esteve à frente do governo de Vichy, marcado pela aproximação com os ideais fascistas e pela colaboração com o nazismo. [N.T.]

se eram honestos, e tomou o hábito de exibir em cima de sua mesa uma pistola Ruby reluzente pouco convidativa ao diálogo.

Desde que assumiu suas funções, Diego parecia habitado por algo implacável, frio, hostil, que acabava suscitando na população uma forma de medo.

José era um dos únicos a não se deixar levar por seus modos marciais nem por sua arma ostentada nem por suas botas excessivamente engraxadas nem por sua boca, de onde as palavras eram disparadas em rajadas. Era um dos únicos a deixar clara sua atitude, quando ia à prefeitura para telefonar para a prima Francisca, que vinha obter notícias e não ordens. Porque meu irmão, minha querida, não era um... frouxo, eu disse, você me faz rir com essas palavras incríveis, diz minha mãe.

Diego o recebia com uma frieza calculada, ou melhor, com aquela exaltação fria que possivelmente lhe parecia característica dos chefes, expressava-se com frases lapidares como acreditava que se expressavam os chefes e mostrava qualidades que pensava serem qualidades inerentes aos líderes: impaciência, laconismo e um humor cronicamente ácido.

Instalado na sala do antigo prefeito, onde tinha mandado pendurar um retrato gigante de Stalin, ele parecia, apesar da terrível fachada que se esforçava para expor, ele parecia experimentar um certo gozo em atender o telefone (seu orgasmo burocrático, como dizia José, conta minha mãe), sendo que a prefeitura era o único local do vilarejo ligado a uma central telefônica e o uso do telefone: um sinal irrefutável de poder. Naquele momento (estávamos em outubro de 36 e o casamento com Montse não estava na programação), seu relacionamento com José tinha atingido um nível de violência que alguns diziam Tudo isso ainda vai acabar mal.

Em uma manhã de novembro, quando os dois estavam comendo tomates e pimentões assados na cozinha, Montse decidiu informar José que iria se casar.

José.

O quê?

Tenho que te dizer uma coisa.

Então diga, qual é o teu problema?

É algo que vai te deixar bravo.

Adoro ficar bravo.

Vou me casar com Diego.

Essa é muito boa! exclamou José, sem acreditar no que ela estava lhe dizendo.

Em seguida, rindo: Te conozco bacalao aunque vengas disfrazao.

Mas diante do rosto da irmã que permanecia sério,

José, repentinamente consternado,

Não me diga que isso é sério!

E como Montse confirmava com um ar envergonhado,

Mas isso é monstruoso, começou a gritar. Você vai acabar com a sua vida ao lado do ruivo? Com aquele cabrón?

Ele ficou pálido.

Aquele stalinista de merda?

Ele mesmo, diz Montse sorrindo, para descontrair a atmosfera, com um sorrisinho que lhe contorcia o canto da boca, mas que levava seu irmão ao auge da cólera

Aquela merda viva, gritou, aquele traidor, aquele filho da puta, aquele figurín.

Ele ficou fora de si, as mãos tremiam, as veias do pescoço se inflaram, seu rosto ficou vermelho.

Aquele desgraçado só quer a sua bunda, gritou, é um lixo. Ele tem uma caderneta de contabilidade no lugar do coração, gritou (essa frase injusta, que ele lançava sob golpes de indignação, permaneceria por muito tempo na mente de Montse).

Por favor, não estrague tudo, diz a mãe.

Quem está estragando tudo? vociferou. Sou eu ou tuas armações sujas?

Diego é um rapaz sério, argumentou fracamente a mãe na esperança de acalmar a fúria de seu filho. No fundo ele é bom.

Esse foi o estopim.

Aquele hijo de la puta incarna tudo o que mais detesto no mundo, berrou. Tudo o que é bonito ele mata, a revolução, ele a matou, minha irmã ele vai matá-la, vai matá-la, vai matá-la.

A mãe, muito pálida, invocou então um imperativo categórico: Tua irmã tem que se casar, é assim e ponto final.

Meus pêsames! exclamou José com um riso assustador.

Com essas palavras, Montse caiu no choro e tentou fugir.

José a segurou brutalmente pela manga:

Você está chorando por ter que se vender como uma puta para quem der mais? Disse a ela. Você tem razão: é nojento.

Não fale assim com tua irmã! ordenou a mãe, abalada.

Você, a cafetina, não tem moral! gritou.

A mãe correu para a cozinha.

Montse correu para se refugiar no sótão e se jogou na cama tremendo ao soluçar.

Sozinho, José deu margens a sua raiva. Falava consigo mesmo, como um demente. Pensava que estava vomitando o casamento, aquela putaria legalizada, ele estava vomitando o casamento que permitia a qualquer cabrón pagar qualquer menina para fazer dela sua puta, que permitia ao último lixo humano se presentear legalmente com uma empregadinha, uma empregadinha voluntária e que, ainda por cima, teria garantia pela vida toda, pelo menos se você estivesse sob as ordens de um patrão você seria paga, porra, isso me deixa louco, essa história me deixa louco, isso me deixa louco. Falou usando solilóquios por um bom momento, andando de um lado para o outro no cômodo que sua mãe chamava erroneamente de sala de estar, deu um chute violento em uma cadeira que estava errada por estar no meio do caminho, gritou Me cago en Dios fazendo tremer as paredes, engatinhando, desabou pelas escadas da casa, subiu a calle del Sepulcro resmungando não sei o quê, caiu sem fôlego na casa de seu amigo Juan que estava lendo um jornal, pediu para que ele não levantasse os olhos das páginas, depois atacou seu irmão Enrique, você quer uma foto minha!, depois a cafetina da sua mãe (que não estava ali para responder) e Franco, Mola, Sanjurjo, Millán Astray, Queipo de Llano, Manuel Fal Conde, Juan March, Hitler, Mussolini, Léon Blum, Chamberlain, a Europa inteira e o desgraçado completo que tinha por nome: Diego Burgos Obregón.

Me dá uma cerveja, Juan, por favor, antes que eu mate aquele lixo.

Em Palma de Maiorca, nada mais causava indignação.

Diante do assassinato de milhares, diante da barbárie assustadora, diante das repugnantes perseguições às famílias dos executados, diante da proibição abjeta feita às esposas de vestirem luto pelos fuzilados, a população palmesana permanecia atônita.

Seriam necessárias muitas páginas, escreveu Bernanos, para fazer que se compreenda, em longo prazo, esses fatos que não foram questionados por ninguém, que não suscitavam mais nenhuma reação. "A razão e a honra os rejeitavam; a sensibilidade permanecia entorpecida, tomada pelo assombro. Um fatalismo assim reconciliava com o mesmo torpor tanto as vítimas quanto os algozes".

Bernanos descobria, com o coração aos pedaços, que quando o medo governa, quando as palavras ficam aterrorizadas, quando as emoções estão sob vigilância, aos berros, uma calma imóvel se instala e seus líderes momentâneos se parabenizam.

Em 10 de novembro, houve um encontro entre os pais de Montse e os de Diego. Tratava-se de marcar a data das núpcias e decidir o dote (minha mãe: o meu raquítico) assim como formalizar o contrato que uniria os esposos (que o pai assinou com uma cruz).

Naquele dia, Montse foi ao suplício. Não tanto pela perspectiva de selar seu destino definitivamente, como puderam crer, mas pela visão de seus pais tão entorpecidos, tão tímidos e tão artificiais, na luxuosa sala dos Burgos.

Seu pai tinha colocado a boina sobre os joelhos, deixando à mostra uma testa branca na qual uma linha aparente a separava da pele escura de seu rosto, e permanecia totalmente pesaroso na cadeira, todo desleixado, com seus grandes sapatos brilhantes colocados um ao lado do outro, com o olhar incerto, desarmado, cão sem dono, apesar dos Fiquem à vontade e dos Sem-cerimônias reiterados por doña Sol. Quanto à sua mãe, franzina, com os olhos baixos, as mãos vermelhas agarradas no vazio de sua saia preta, ela tentava desaparecer e quase conseguiu.

Montse, silenciosa, olhava para os pais com uma intensidade meditativa e dilacerante. Ela olhava para eles como se os visse pela primeira vez. E dizia para si mesma Como eles têm a aparência modesta! Seus rostos, suas mãos, principalmente suas mãos, as mãos vermelhas da mãe, maltratadas pelos sabões e água sanitária, e as grossas mãos calejadas do pai, com as unhas pretas de terra, as mãos maltratadas deles, seus gestos desajeitados, aquela forma de se expressar se desculpando, seus risinhos estrangulados, a reverência excessiva e os agradecimentos que não acabavam, tudo neles refletia a modéstia de sua condição e a herança de uma pobreza transmitida intacta por séculos.

E o pensamento que lhe veio foi o de que ela era exatamente a imagem deles. O pensamento que veio foi o de que por mais que ela, futuramente, se maquiasse, se vestisse com vestidos caros, se enfeitasse com joias preciosas, aprendesse os gestos de autoridade, dispensando as empregadas com as costas da mão como as moscas são espantadas, ela manteria por toda a sua vida aquela aparência modesta que era uma aparência interior, uma aparência indomável, uma aparência indelével, uma aparência que autorizava todos os abusos e todas as humilhações, uma aparência herdada de uma longa linhagem de camponeses pobres gravada em sua cara e em sua carne, uma marca deixada pelas aceitações sem glória, as renúncias sem prestígio, as revoltas sem gritos, e por aquela convicção de que somos pouca coisa na terra.

Ao mesmo tempo, ela também acha que não teria a coragem no futuro de ver os pais se contorcendo desajeitados, envergonhados e constrangidos de si mesmos, diante da calma segurança de seus sogros, e que os evitaria tanto quanto possível nas reuniões rituais que, na Páscoa e no Natal, tentam reconciliar as famílias discordantes.

Dois dias antes do casamento, exatamente no dia 21 de novembro de 1936, enquanto Montse tocava pela última vez na confecção de seu vestido de noiva (branco com flores vermelhas, eu ainda o tenho), José adentrou a cozinha, com o rosto arrasado,

Assassinaram Durruti!

Durruti era seu ideal, sua mulher, sua literatura, sua vontade de adorar, Durruti, o insubmisso, Durruti, o puro, o guia, o generoso, Durruti, que atacava os bancos, que sequestrava os juízes, que roubou um furgão cheio de ouro do Banco da Espanha para apoiar os trabalhadores grevistas de Saragoça, Durruti, que era frequentemente preso, condenado à morte três vezes, expulso de oito países e que, agora, a morte lhe atribuía um status de lenda.

Enquanto José, atordoado, repetia Eles o assassinaram, como se sua inteligência tivesse se recusado a aceitar a notícia que seu coração absorveu imediatamente, Montse não pôde deixar de pensar que tinha dedicado tanta paixão rezando para que um incidente ocorresse antes de seu casamento, desejando que uma diversão, que um desastre, que um terremoto tão sem precedentes quanto a revolução de julho a livrasse de sua promessa e deslocasse os caminhos de seu destino, ela não pôde deixar de pensar, eu dizia, ainda que achando a coisa totalmente absurda, que ela era, em parte, culpada por aquela morte.

José obrigou-se violentamente a reter as lágrimas, depois, vencido pela emoção, caiu no choro, como uma criança. Montse, que não se lembrava de ter visto o irmão chorar, se deixou dominar por sua tristeza. E sua tristeza aumentou quando José, abruptamente, como se estivesse fazendo um feitiço para seu sofrimento, para enganá-lo, para esvaziá-lo, para deixá-lo em algum lugar fora dele, atirou-o em uma fúria molhada de lágrimas,

E você não conte comigo! Não me submeto de jeito nenhum à farsa desse seu casamento! Não quero me sujar com o cúmplice dos assassinos de Durruti!

Naquele mesmo dia em que ficou sabendo da morte de Durruti, que ele atribuía aos comunistas, José, atordoado, correu até a prefeitura.

Desde que reencontrou Montse e que o compromisso de casamento se tornou público (notícia que tinha se espalhado na velocidade da luz), Diego se mostrava mais brando em relação aos falatórios das fofoqueiras que explicavam essa mudança de humor pelos efeitos emolientes bastante conhecidos do amor. Parecia, elas diziam, que ele estava mais brando em relação a todos e tinha até mesmo dado clemência, diante de testemunhas, chamando sua madrasta doña Sol (que não acreditou no que estava ouvindo) de mamita. Em relação àquele que se tornaria seu cunhado, Diego havia prometido à Montse (durante um segundo encontro arquitetado pelos cuidados maternais) rever sua opinião sobre ele, de passar uma borracha sobre os ataques à sua dignidade, dos quais ele era declarado culpado, e de recebê-lo, se não calorosamente, pelo menos de forma menos hostil.

Então, quando José, vermelho de raiva, naquele 21 de novembro de 1936, foi até a prefeitura acusá-lo diante das quatro pessoas que estavam a seu serviço de ser o cumplice desprezível dos assassinos de Durruti, Diego expressou uma fisionomia de tédio e tomou cuidado para não retaliar como todos estavam esperando que ele fizesse.

O casamento foi celebrado no dia seguinte. Sem José. E eu diria, sem noiva. Em todo caso, sem uma coroa de noiva, sem véu de noiva, sem buquê de noiva, sem cortejo de casamento, sem os sinos de casamento e sem menininhas vestidas de noivas. Foi uma cerimônia que foi cerimônia apenas no nome, uma cerimônia que não tinha sido precedida pelo tradicional noivado e que não seria seguida da tradicional lua de mel, uma cerimônia que uniria dois seres que nunca tinham realmente se falado e menos ainda se cortejado, como se dizia na época, dois seres que somente fizeram o juramento de manter por toda a vida o mesmo segredo (Diego fazendo Montse jurar que se calaria diante do mundo todo sobre o fato de ele não ser o pai de seu filho, e Montse, jurando pela vida de sua mãe, deixou claro que qualquer um que soubesse contar nos dedos perceberia a mentira deles), uma cerimônia cujas formalidades foram despachadas em cinco minutos por um dos assistentes de Diego que os declarou unidos pelos laços de matrimônio até que a morte os separe (acréscimo introduzido *in extremis* com a finalidade de compensar o caráter sumário da celebração).

Diego havia se recusado a vestir um terno, apesar dos apelos feitos por doña Sol e doña Pura. Vestia uma blusa de tecido preto que fazia flamejar sua ruivice e Montse notou, naquele dia, que um punhado de pelos ruivos obstruía seus ouvidos.

O pai de Montse vestia o terno todo preto que tinha usado pela primeira vez oito anos antes para o enterro de sua cunhada e que cheirava levemente à naftalina. O tio de Montse, que todos chamavam de Tío Pep, exibia o mesmo modelo. A mãe, que sonhara com um grande casamento com toda pompa e circunstância e mal escondia sua decepção, tinha colocado seu vestido para os grandes acontecimentos, de tafetá preto com a gola branca. Doña Pura cobriu o rosto com uma mantilha (excelente iniciativa, diz minha mãe). Já doña Sol e don Jaime estavam como sempre, com uma elegância perfeita.

Montse, que cumpriu todo o protocolo como se uma parte dela estivesse ausente, como se uma parte dela estivesse atuando, ou melhor, como se uma parte dela percebesse todos os detalhes do evento sem, no entanto, que eles chegassem até ela, Montse se lembrou que no momento da troca das alianças, doña Sol teve um mal-estar e que foi necessário colocá-la em um banco, levantar seu veuzinho e estapear suas bochechas que empalideciam com um tipo de reprovação oculta. Ela também se lembrou de que, justo no momento de dizer Sim, tinha sido atravessada por esse pensamento louco: se o francês, ao encontrar seu paradeiro, viesse um dia buscá-la, ela deveria, para acompanhá-lo, pedir o divórcio. E ela se envergonhou desse pensamento.

A refeição de núpcias aconteceu na sala de jantar dos Burgos.

Don Jaime que, desde o início, não tinha deixado nada transparecer sobre o que pensava a respeito do casamento, que não tinha emitido objeção alguma nem manifestado indisposição alguma (diferentemente de doña Sol que, ao ficar sabendo, teve um ataque de nervos), don Jaime, que não se espantava mais com as esquisitices humanas e que parecia aceitar esse mau casamento, don Jaime mandou abrir o champanhe e fez um brinde pacífico aos recém-casados.

Os convidados (dez, contando com os padrinhos) aplaudiram e em seguida se viraram em direção ao pai de Montse esperando que ele fizesse o mesmo. Mas ele permaneceu obstinadamente calado, os olhos baixos, as grandes mãos calejadas colocadas sobre a mesa, uma timidez repentina impediu-o de soltar uma piada suja que havia preparado desde cedo, mas que a presença de doña Pura ao seu lado, de sublime dignidade com seu vestido de falha preto, instantaneamente o fez engolir.

Durante toda a refeição, o pai de Montse se mostrou incapaz de pronunciar a menor amabilidade direcionada à tão austera e fria doña Pura que tinha sido instalada à sua direita, e talvez tenha sido o constrangimento sentido por essa incapacidade elocutória que o levou a beber mais do que o necessário, apesar das recomendações de sua esposa para não forçar o álcool nem limpar a boca com a manga da camisa. Tanto que durante a sobremesa, quando se levantou para cantar uma canção alegre diante de Montse, paralisada pela vergonha, Fíjate como se mueve mi cosita, ele tropeçou nas primeiras palavras e caiu pesadamente na cadeira, doña Pura lhe dirigiu um de seus sorrisos glaciais que fariam calar o mais loquaz dos tribunos políticos.

Enquanto ele tentava se recompor, a mãe, correndo em seu socorro, disse para se desculpar É a emoção! E compreendendo que ela tinha encontrado ali uma justificativa plausível para o comportamento de seu esposo, que corria o risco de passar diante dessas "pessoas de bem" como um rude personagem, repetiu É a emoção!

Quanto à Montse, que tinha tremido durante mais de quinze anos diante daquele que considerava um ogro, um tirano, um pai rabugento e brutal e o mais temível dos homens, diante daquele que tinha mostrado a porta para José com um dedo ameaçador por ter se atrevido a ter uma opinião divergente, diante daquele que tinha gritado cem vezes no seio do círculo familiar que nunca abaixaria as calças diante do señor don Jaime e que lhe esfregaria suas verdades na cara, na primeira ocasião, naquele dia, Montse descobriu um pai desamparado, completamente inofensivo, gaguejando, tímido, com os olhos fixos em seu prato, com medo de tudo.

No mais, todos os presentes tinham medo de que as questões políticas fossem abordadas por um ou por outro convidado, o menor comentário que abordasse uma ou outra organização e seu modo de conduzir a guerra, todos estavam cientes disso, corria o risco a qualquer momento de perturbar gravemente o bom andamento da refeição.

De fato, estavam representados na mesma mesa todos ou quase todos os partidos espanhóis da época, todos cuidadosos quanto aos méritos de sua causa, todos animados dos mais nobres sentimentos, todos convencidos, dentro dos limites de sua experiência e do jogo de seus interesses, de que sua posição era a única correta, e todos se esforçando para minar, senão destruir, a credibilidade do outro. Estavam presentes, portanto: o dono da casa, don Jaime, que era suspeito de ter relações com os nacionalistas, sua irmã doña Pura, que, em privado, apoiava apenas Franco e a Falange, o pai da noiva, que fazia parte de um sindicato socialista de pequenos proprietários de terras, o noivo, recentemente convertido às ideias comunistas, e Montse, que se apaixonou pelos ideais libertários de seu irmão, como alguém que se apaixona por uma canção ou por um rosto, por um desejo infinito de poesia. As grandes correntes políticas da Espanha de 36 e seus mal-entendidos que levariam, por uma parte, ao desastre final, encontraram ali sua ilustração em miniatura.

Os primeiros meses de vida de Montse na grande casa triste e fria dos Burgos estavam entre as maiores dificuldades pelas quais ela teve que passar.

Eu me sentia como uma peça de mobiliário, uma cadeira manca em uma sala Luís XV, diz minha mãe. E se eu pudesse me colocar dentro de um buraco de rato, eu teria feito. Você sabe, é simples, eu só ficava tranquila no banheiro.

Montse teve a sensação de que denotava, de que detonava, enfim, os dois. E ficou muito triste.

Transportada sem transição da austeridade de camponeses pobres aos modos burgueses sobre os quais nada sabia, achando bom reprimir qualquer gesto espontâneo para não parecer vulgar, forçando-se para comer pouco, pensando que isso seria elegante, Um pedaço de bolo? Um pedacinho bem pequeno, por favor, esforçando-se para falar por meio de perífrases, movida por aquela ideia ingênua de que o bom gosto consistia em não chamar um gato de gato, temendo ser grosseira, indelicada e desagradável na forma de comer, de se mover, de rir e de falar, todas as coisas que traem seu extrato com mais certeza de que qualquer currículo vitae, Montse não era mais Montse.

Constantemente atenta às reações dos Burgos que a tratavam com uma cortesia cerimoniosa pela qual não esperava, constantemente temia "causar problemas", diante dos membros dessa família cujos papéis pareciam distribuídos conforme uma precisão matemática, e cometer gafes confundindo suas atribuições e seus lugares respectivos.

Por sua parte, ela se dedicava em continuar na sua (posição) ou onde acreditava ser o seu, fazendo os gestos despretensiosos que achava que esperavam que ela fizesse, cuidando despretensiosamente da limpeza (já que a revolução tinha suprimido a função oficial de empregadinha para ser substituída por essa, vicariante, de esposa, muito mais vantajosa), varrendo despretensiosamente o chão, retirando despretensiosamente a mesa, organizando despretensiosamente a louça, ansiosa com a ideia de não dispor os diversos utensílios à sua disposição em seus lugares designados, qualquer movimento corria o risco de alterar suas relações com os outros e perturbar assim toda a alma da casa, a ordem doméstica instaurada por doña Pura era apenas a representação fiel de sua alma, e sua coroação.

Toda a coragem que Montse tinha mobilizado nos meses precedentes, quando tinha planos de fuga ou quando planejava se lançar rumo ao desconhecido, acabou em um só disparo.

Rapidamente, ela ficou sem forças. Um trapo. Uma fregona.

No mês de dezembro de 36, Bernanos foi informado do seguinte fato que relatou em *Os Grandes Cemitérios sob a Lua*. O prefeito republicano de uma pequena cidade de Maiorca tinha construído um esconderijo em uma cisterna perto de sua casa, para onde ia regularmente se refugiar ao menor barulho de passos, por medo de represálias. Um dia, os depuradores, advertidos por uma denúncia das mais patrióticas, o arrastaram para fora de lá, tremendo de febre, o levaram ao cemitério e o executaram com uma bala na barriga. Como aquele chato demorava muito para morrer, seus carrascos, um pouco bêbados, voltaram com uma garrafa de aguardente, enfiaram o gargalho em sua boca e, então, quebraram a garrafa vazia na cabeça dele. Meu coração está partido, confessou Bernanos, alguns dias depois. É tudo o que podem partir em mim.

Como continuar? Como viver? Montse se perguntava, na grande casa fria dos Burgos.

Pois, falando francamente, ela não estava bem.

Pois Montse não conseguia tirar da mente a lembrança de seu primeiro contato com don Jaime (e a frasezinha dele), do qual o mínimo que se poderia dizer é que não fora dos mais agradáveis.

Quanto a este último, ele adotava em relação a ela um tom de reverência cortês e respondia apenas com reservas às palavras que ela lhe dirigia, interpondo entre eles a distância que mantinha em todas as suas relações e a distância que mantinha consigo mesmo.

(Foi apenas bem mais tarde que ela compreendeu que somente a delicadeza inerente à sua natureza impedia don Jaime de expressar a simpatia que ele sentia pela sua origem, impedindo-lhe de afirmar diante de seus próximos seus bons sentimentos e suas virtudes amáveis.)

Diante dele, ela ficava boba.

O homem a impressionava. Como impressionava todas as pessoas do vilarejo.

Achavam-no original, extravagante, mas esses traços, no fundo, agradavam a todos. Era acolhido com uma indulgência divertida o que consideravam como caprichos de aristocrata: suas roupas de senhor (pois ele não se sacrificava à moda "trabalhador", que era tendência na época), suas luvas de couro, o feltro preto em cuja base figuravam suas iniciais JBO, seu gosto incompreensível pelos livros (diziam que ele possuía mais de sete mil! Mas onde é que ele estava enfiando tudo aquilo na cabeça?) e seu conhecimento desproporcional (diziam que falava três línguas, quatro com o catalão!, que sabia o nome de uma dezena de planetas e a palavra latina que designa grão-de-bico, *Cicer arietinum* para os ignorantes).

Bon vivant, extrovertido, requintado, menos rico do que sua aparência demonstrava, de uma cortesia ligeiramente cerimoniosa com todos, inclusive com a esposa, negligente com as coisas religiosas, pelas quais sua irmã doña Pura era fanática, sempre equilibrado e bastante propenso à brincadeira, exceto no que dizia respeito ao filho que lhe dava tanto trabalho (diz minha mãe), mostrava-se amável diante de todos os habitantes do vilarejo, brincava com eles na primeira oportunidade, perguntava sobre suas produções de azeitonas e avelãs, tinha para cada um deles uma fala de conforto, e conhecia os nomes, sobrenomes e idade dos filhos de todos os camponeses a seu serviço, o que fazia com que dissessem que don Jaime tinha educação, mas ele não se achava superior, era simples.

Com a irmã doña Pura, desde o início da guerra, ele tinha adotado um tom de indulgência paciente que se utiliza com adolescentes ao tentar desculpar suas asneiras. Mas, às vezes, quando tinha ânimo para rir, ele dizia, debochado, se os vermelhos te ouvirem, vão te dar um chute na bunda, a não ser que eles te estuprem. Então, doña Pura, ulcerada, saía de perto sem dizer uma palavra, suas costas tremiam por inteiro com uma indignação contida, ou levantava os ombros com desdém, animada com as informações que tinha lido naquela mesma manhã em seu jornal: um couraçado *Nuremberg* cuja bandeira ostentava a cruz suástica acabava de entrar no porto de Palma, enfim uma boa notícia que a animava.

No que dizia respeito à gestão de suas terras, don Jaime confiava cegamente em seu capataz Ricardo, que Diego chamava de lacaio. Um jovem rapaz de rosto ossudo e olhos trêmulos que tinha sido contratado ainda adolescente e que lhe mostrava um apego cheio de reverência (uma extrema servilidade, dizia Diego), cuidando das lavouras com o mesmo amor e o mesmo orgulho como se fossem dele, submetendo-se, sem reclamar, a todos os pedidos de seu senhor, cujas saudações secretamente o bajulavam. Além disso, o jovem rapaz também era totalmente devoto à doña Pura e levava para o conforto desta, nas missas de domingo, um banquinho de madeira onde ela colocava os pés, função humilhante no sentido etimológico da palavra (quero dizer, consistia em se abaixar até o húmus, até a terra) que lhe valia o impiedoso desprezo de José e de Juan e o apelido bastante comum de El Perrito.

Don Jaime era um crânio, diz minha mãe.

Passava horas fechado em sua biblioteca, e os olhos de Montse que nunca tinham visto em torno de si pessoas se entregarem à leitura unicamente pelo deleite, essa ocupação lhe dava uma áurea de prestígio que a paralisava.

Falava com um castelhano castiço, ou seja, de uma pureza perfeita, mesmo que, de vez em quando, o adornasse com um palavrão dos mais musicais. E Montse achava em seu discurso fácil, brilhante, espiritual, aquele mesmo luxo dos objetos da casa que a impressionava tanto e a prova irrefutável da eminência de seu espírito. Então, para tentar se portar senão à sua altura, ao menos ao nível de uma aluna estudiosa (simplesmente para peidar mais alto que minha bunda, resumiu minha mãe que não ia perder uma ocasião tão linda para proferir uma grosseria), ela se dirigia a ele com frases elegantes, bem pomposas e afetadas, e no tom artificial de sua professora Irmã María Carmen que dizia cantinho, ao invés de privada, subir aos céus, ao invés de morrer, seguir o caminho do Senhor, ao invés de fechar a boca e outros delicados e católicos eufemismos.

Montse se sentia ainda mais desconfortável na presença de doña Pura, que esboçava um sorriso doloroso toda vez que seus conhecimentos em boas maneiras lhe eram criticados, ou seja, constantemente. Minha mãe lembrou que um dia, depois de ter embrulhado um velho par de sapatos em um exemplar de *Acción Española* (minha mãe: un periódico para limpiarse el culo), doña Pura, para quem esse jornal era sagrado, comentou o ocorrido para o irmão desse modo: Pobrezinha, ela não tem noção de valores! Mas vindo de onde vem!

E por mais que doña Pura lhe repetisse com uma doçura muito cristã e mais violenta que todas as violências: Você está em casa, minha filha, ao lado dela, Montse se sentia tão pouco em casa que muitas vezes tinha vontade de ir ver em outros lugares se se sentiria mais em casa por lá. Em outro lugar, mas onde? Aqui estava frio. Em outros lugares era inconcebível. Isso estava prendindo[16] meus pés como uma trampa. Uma trampa? digo. Em uma trampa, diz minha mãe.

[16] Reprodução de erro. No original : *J'avais les pieds prendis.* [N.T.]

Doña Pura tinha, no entanto, muitos méritos: ela acolhia em sua própria casa aquela pobrezinha, bronca e sem um tostão, uma garotinha que comia pão esfregado com alho!, que lambia a faca depois de usar!, que não sabia nem jogar bridge!, que não sabia fazer nada além de quebrar nozes e ordenhar as ovelhas! e cujo irmão afirmava ser uma espécie de Anticristo moderno seguido por uma tropa de arruaceiros usando regatas, pobre España!

Ainda tinha tempo para conversar com ela apesar de suas enxaquecas. Tolices, é claro, já que a pequena não tinha nenhuma conversa. Mas doña Pura, em termos de caridade, não se importava com os gastos. Ela estava, por amor ao Cristo, pronta para consentir todos os sacrifícios. No entanto, reconfortava-se com a ideia de que o casamento civil que ligava aquela pobre camponesa a seu sobrinho não tinha nenhuma importância, e apenas teria que sofrer com a presença dela até o dia, iminente, sem dúvida alguma, do divórcio.

Então, lentamente, por não sei qual mistério de alma romanesca, doña Pura se apaixonou pela relação, contrária à natureza, de Diego com aquela pobre coitada, relação na qual acreditou reconhecer as peripécias sentimentais de *La Guapa y el Aventurero*, um romance no qual o amor zombava das barreiras sociais, um romance chamado de romance, divertido, rápido, instrutivo e que, além do mais, fez com que lágrimas chegassem aos seus olhos, pois sabia muito bem como encontrar os caminhos insólitos do coração, e que ela lia todas as noites antes de dormir, alternando com *Los Evangelios* e *Acción Española*.

Desde então, doña Pura tomou para si a missão de fazer um trabalho piedoso junto àquela garota corajosa, tosca e um tanto rústica: iniciando-a aos modos, senão principescos, pelo menos corretos, ao mesmo tempo fornecendo-lhe os rudimentos de uma boa educação: a dela, para que Montse pudesse ascender, senão à altura do marido, pelo menos dois degraus abaixo.

Mas essa nobre missão, que passou a monopolizar parte de seus pensamentos, não anulava as inúmeras dores que, no entanto, assolavam sua carne desencantada. E quando Montse perguntava qual era a doença do dia, naquele tom que se adota com aqueles a quem devemos respeito sem sentir por eles uma real simpatia, a triste doña Pura, com ares de moribunda e cheia de insinuações, respondia com uma medonha doçura Eu prefiro não dizer nada, enquanto colocava em sua testa um lenço embebido em vinagre para atenuar a enxaqueca que estava esmagando seu cerebelo.

Dessa forma, ela deixava entender, ao mesmo tempo, a violência de sua doença e o cuidado atento que tinha para não incomodar os que a cercavam. Mas para que ninguém esquecesse que ela estava sofrendo em silêncio, em intervalos regulares, soltava um suspiro que parecia subir das profundezas de seu ser enquanto abria ostensivamente um frasco de xarope restaurador (ela possuía uma coleção inteira deles) e engolia uma colher de sopa, fazendo uma cara de nojo.

Montse achava, então, apropriado adotar o ar de compaixão requerido ao passo que, silenciosamente, gritava Cale a boca! Cale a boca! Vou te esmagar como um purê!

Você pode me fazer um favor, diz de repente minha mãe, de dar um fim no xarope que está em cima da geladeira? Ele me faz lembrar muito nefastamente da doña Pura.

No início de sua vida na casa dos Burgos, Montse foi buscar algum conforto junto à doña Sol, feliz de encontrar nela uma aliada inesperada e que muito rapidamente começou a amá-la como se ela fosse a criança que tinha esperado.

Pois doña Sol tinha esperado loucamente a vinda de uma criança saída de suas entranhas, como se dizia antigamente. Tinha rezado para a Santíssima Virgem. Tinha acendido centenas de velas. Tinha bebido oito tipos de infusões. Tinha seguido um regime à base de coelho. Tinha usado no pescoço um terço de escapulários. Tinha consultado os doutores da cidade assim como a parteira do vilarejo. Mas tudo isso sem resultado. Você não pode imaginar, diz minha mãe, o que podia ser antigamente a vergonha e o sofrimento das mulheres infecundas.

Doña Sol pensou que a vinda de Diego a consolaria deste terrível defeito que "frustrava o leito conjugal de seus frutos mais caros". Mas ele o deixou, de uma certa maneira, ainda mais terrível.

Assim, quando Montse chegou naquela casa, jovem, bela e fresca como o dia, doña Sol, sedenta pelo amor maternal, acreditou ver cair do céu a filha de seu coração e transferiu a ela seu excesso de carinho.

Mais exatamente, inundando-a.

Não passava um dia sequer sem que ela lhe testemunhasse seu carinho de uma forma ou de outra, cozinhando mantecados, seus doces preferidos, preparando para o lanche uma xícara de chocolate tão grosso onde se poderia fincar uma colher, implorando sua companhia com olhos ávidos, correndo para a cozinha assim que a ouvia se movimentar, mantendo-a na sala de estar com perguntas ociosas, imputando-lhe desejos que ela não expressava e, então, apressando-se para preenchê-los, mimando-a escandalosamente naqueles tempos de privação, recompensando-a com os últimos modelos de sapatos de salto alto, colares de brilhantes e todo tipo de babados para o uso feminino que Montse jogava no fundo de um armário, de onde não saíam mais, vigiando com uma atenção ciumenta suas menores emoções, buscando seus elogios, queixando-se de sua reserva, pois acreditava ver nela um tipo de rejeição... Doña Sol desistiu do desencadeamento dos sentimentos maternos que teve que conter dolorosamente durante mais de vinte anos e que hoje transbordavam.

E Montse, que tinha se alegrado por um momento, acabou sufocando. Aquelas bajulações, aquelas tempestades oblativas, todos aqueles presentes oferecidos com um entusiasmo ansioso e eram tantos pedidos famintos de amor, tantas súplicas mudas, que não lhe trouxeram nenhuma espécie de prazer. Pior, tudo isso a angustiava. E, ao receber presentes que não desejava, ela se obrigava a esboçar um sorriso de boa qualidade enquanto dizia Obrigada pela gentileza, ela tinha dificuldade em fingir a expressão de alegria que não sentia.

Eu realmente não podia embellecer[17] aquilo, se assim posso dizer, conta minha mãe. Assegurando-lhe que seus bolos eram os melhores do mundo e fazendo aquelas declarações maravillosas[18] que as crianças fazem às mães quando sentem que estas estão tristes e carentes.

Montse tentava exumar do fundo do coração um pouco de compaixão, um pouco de indulgência na presença daquela mulher que ela sentia frágil, devastada por frustrações, despedaçada, talvez desesperada. Mas meu coração, naquela época, diz minha mãe, era seco como el chocho de doña Pura, desculpe o humor.

[17] Reprodução de erro. No original: *embéléquer*. [N.T.]
[18] Reprodução de erro. No original: *maravilleuses*. [N.T.]

Às vezes, por cansaço, ela fazia comédia. Outras vezes, não aguentando mais, ela a esnobava. Um dia em que doña Sol, vendo-a triste, partiu para consolá-la no elogio do indizível, bem como nas inúmeras alegrias da maternidade que esperavam por ela, respondeu com um tom perfeitamente frio: As hienas também dão à luz a hienazinhas e não fazem nenhum alarde sobre isso. Então, doña Sol começou a chorar. Minha mãe se lembrava disso perfeitamente, que de repente se sentiu implacável diante daquela que se aproveitava de sua tristeza para pegar algumas migalhas de carinho, y eso no! no! y no!

Recusando-se a ser engolida por uma história que não era a sua, incapaz de compor uma falsa ternura em relação àquela mulher que lhe inspirava um distanciamento invencível, continuava, no entanto, atenta para não a ofender, o que exigia dela sábias dosagens de amabilidade e de distâncias calculadas.

Mas, às vezes, as transações internas às quais se entregava não encontravam outra saída a não ser a mentira. Então, compreendendo a gravidade da circunstância, teve como pretexto motivos convincentes: uma visita à Rosita, apresentando um caráter de urgência, ou uma obrigação imperiosa junto à mãe doente. Depois disso, ela escapava rapidamente, caminhando pelo campo como se estivesse sendo perseguida, o que na verdade era, perseguida por sua culpa, perseguida por seus remorsos, perseguida pelo sentimento de ter construído com suas próprias mãos sua própria jaula e perseguida pela voz que lhe dizia No es una vida, no es una vida, no es una vida.

Outras vezes, alegava uma repentina dor de cabeça que a privava, lo siento muchísimo, da conversa pós-café que deveria ornamentar a tarde, em seguida, ia para o quarto conjugal que se tornara para ela uma espécie de sala de descompressão. Então, deitada na grande cama nupcial de mogno, ela permanecia horas perdida em seus pensamentos, se podemos chamar de pensamentos aquelas ideias difusas que passavam por sua cabeça como rascunhos, aquelas imagens fugazes, aqueles farrapos espalhados, aqueles destroços que não deixam rastros. Entediada, acima de qualquer coisa, assistia o dia violeta descendo sobre as oliveiras ou seguia com os olhos o trajeto de uma mosca perdida (como yo, diz minha mãe) que batia e se debatia contra os vidros (como yo, diz minha mãe).

Às vezes, inventava coisas tristes para si mesma. Imaginava a morte da mãe que caía da escada ou a de seu irmão, atropelado por um carro, probabilidade das mais reduzidas, visto que apenas dois automóveis circulavam pelas ruas do vilarejo: a Hispano-Suiza de don Jaime e a caminhonete caindo aos pedaços do pai de Juan, então ela se imaginou chorando ao seguir os caixões deles, no meio de uma multidão contemplativa e de preto.

Outras vezes, ela falava sozinha como fazem as crianças solitárias, até que, percebendo um barulho na sala, bruscamente se calava, se dando conta, posteriormente, de que estava em um monólogo ou então que se envolvia nas ocupações aqui citadas por crescente ordem de importância:

— tricotar sapatinhos azuis-celestes em ponto cordão para o menininho que viria,

— devaneios fantásticos relacionados a uma carreira de cantora e elaboração de roteiros que associavam uma fuga para longe do vilarejo e o encontro com Juanito Valderrama, seu cantor preferido, encontro que se deparava com numerosos obstáculos, já que o cantor, diziam, fazia parte do exército republicano,

— leitura do livro de Bakunin que seu irmão lhe tinha dado em julho e que ela escondia debaixo de uma pilha de lençóis no armário do quarto, leitura que tinha o poder de lhe fazer pegar no sono,

— visitas à mãe que lhe dava conselhos repulsivos sobre o modo de colocar e tirar a fralda de um bebê, así y así, a operação seguida do exame do cocô, cor e consistência, depois lavagem do bumbum, depois secagem, depois pomadas, depois talco e outras desgostações[19],

— confidências à Rosita a respeito do Ato considerado como um desconforto supramencionado, era normal? Existiam estimulantes? Ela deveria fingir gemidos de prazer? Ao que Rosita respondia Pense no Juan Gabin (o ídolo delas desde que tinham visto *La Bandera*) ou termine na mão,

— visitas à Maruca em sua quitanda e comentários aflitos sobre o presidente da República Manuel Azaña, que era um preguiçoso e um achucharrado, o que ele está esperando para fazer os ricos pagarem e deles tirar os devidos impostos?

[19] Reprodução de erro. No original : *dégoûtations* [N.T.]

— especulações relativas ao que podia prejudicar o irmão com exceção de seu ódio. De onde vinha sua revolta? E seu desespero? A causa estava dentro ou fora dele?

— e ambiciosas perguntas sobre as razões que tinham tornado seu esposo um maníaco naquele grau extremo, sabendo que lhe faltavam elementos para apreender a gênese de uma tal patologia, supondo que ela pudesse apreendê-la.

Um dia, quando minha mãe e eu assistíamos na televisão Nadal jogar contra Federer e puxar convulsivamente seu short, minha mãe, rindo, começou a inventariar todas as esquisitices de Diego, todas as suas perseverantes manias, seus tiques, seus estranhos caprichos e, na primeira fila de manias, sua mania de limpeza, uma mania sob todos os pontos DESPÓTICA, que o levava a desinfetar as mãos vinte e cinco vezes por dia, a deslizar o dedo, obcecadamente, sobre a escrivaninha para rastrear a menor poeira, a trocar de camisa toda manhã, o que na época revelava um transtorno mental, e a lavar os pés todas as noites que Deus concebe, as regras de então estipulavam uma lavagem semanal ou até mesmo mensais, a aversão diante de elementos aquosos era considerada como um sinal inegável de virilidade, um hombre verdadeiro tiene los pies que huelen.

Tão meticuloso no que diz respeito à ordem quanto à limpeza, era com um cuidado obsessivo que organizava, antes de ir dormir, sua calça sobre uma cadeira depois de tê-la impecavelmente dobrado ao meio e ter impecavelmente igualado o comprimento das duas pernas (o que tinha o dom de exasperar Montse que, numa espécie de protesto mudo, jogava suas roupas em qualquer lugar). E ele controlava suas emoções com o mesmo rigor que organizava seus pertences, manifestando uma capacidade de contenção completamente extraordinária, abstendo-se, por exemplo, de fazer uma pergunta a Montse que estava queimando seus lábios há meses, uma pergunta que ele constantemente tinha em mente e que literalmente o minava (confessou-lhe muito mais tarde): ela ainda amava aquele que lhe tinha feito a criança?

E todas essas manias de Diego, seu demônio da ordem, suas fúrias higiênicas, sua constipação tão psíquica quanto física, e suas longas permanências no banheiro, vinham reforçar a contenção, a reserva, a relutância (todas essas palavras me parecem um pouco exageradas, diz minha mãe) que ela sentia em sua presença, por mais que ela não parasse de repetir, para se convencer, que ela lhe devia a honra salva (expressão de sua mãe) e, consequentemente, uma gratidão eterna.

Mas aquela relutância contra a qual lutava tanto quanto podia transparecia apesar de seus esforços, tornada tão visível, enquanto Diego, para sua surpresa, se mostrava tão ternamente apaixonado quanto frio e reservado em suas relações públicas (pois Diego, é preciso dizer, estava feliz com a presença de Montse, que lhe agradava acima de qualquer coisa, e cheio de orgulho com a ideia de que ela tinha lhe confiado a vida).

Frequentemente, ele barrava seu caminho, a parava carinhosamente, segurando seus punhos e, lhe mostrando a bochecha coberta por uma barba ruiva, pedindo um besito, hay que pagar, tem que pagar, enquanto Montse escapava de seus abraços sob um pretexto qualquer de urgência doméstica.

Depois disso, Montse se sentia culpada, culpada provavelmente por não amar como desejava um marido que a tinha salvo da desonra e, provavelmente, a salvo pura e simplesmente, culpada por sua inaptidão à função matrimonial tão vangloriada por sua mãe e sua tia Pari, e culpada por estar cansada e velha demais, ela pensava, para amar um outro homem com amor, ela que acabava de completar dezesseis anos. E ela pensava No es una vida, no es una vida, no es una vida.

Para Bernanos, em Palma, também não era uma vida, é o que imagino e o que se deixa deduzir na leitura dos *Grandes Cemitérios sob a Lua*.

No mês de março de 1937, ele decidiu deixar Palma e embarcou com a família a bordo de um navio francês.

Demasiadas abominações tinham sido cometidas no solo da Espanha e demasiados crimes empesteavam o ar.

Ele pensou ter atingido o fundo do poço.

Tinha visto o bispo-arcebispo de Palma acenar com indecência "suas mãos veneráveis acima de metralhadoras italianas — eu vi isso ou não?" escreveu.

Tinha ouvido gritos de VIVA A MORTE centenas de vezes.

Tinha visto "os caminhos de sua ilha receberem regularmente uma colheita fúnebre de malfeitores: operários, camponeses, mas também burgueses, farmacêuticos, tabeliões."

Tinha ouvido fulano de tal, que pensava estar do lado dos exterminadores, lhe confessar com os olhos cheios de lágrimas:

É demais, eu não aguento mais, eis que eles acabam de cometer e descrever um assassinato horrível.

Havia lido uma certa imprensa, repugnantemente covarde, permanecer calada diante das extorsões franquistas. Há algo, disse ele, mil vezes pior que a ferocidade dos brutos: a ferocidade dos covardes. Ele havia lido o poema de Claudel "com os olhos cheios de entusiasmo e lágrimas" cantando sua santa admiração pelos depuradores, Claudel que Shakespeare teria chamado sem rodeios de filho da puta.

Tinha visto pessoas honestas se converterem ao ódio, pessoas honestas às quais finalmente foi oferecida a ocasião de se considerarem superioras às outras, suas iguais na miséria. E tinha escrito aquela frase que poderia ter sido escrita esta manhã, tanto ela se aplica ao nosso presente, "Acredito que o supremo serviço que posso prestar a esses últimos (pessoas honestas) seria precisamente precavê-los contra os imbecis e canalhas que hoje, com cinismo, exploram seu grande medo."

Por muito tempo, ele tinha tentado resistir, não por bravata, nem mesmo por esperança de ser útil, mas sim por um sentimento de solidariedade profundo em relação à população palmesana, com quem partilhou a angústia e o medo literalmente azuis.

Mas, em março, ele tinha atingido o limite do que podia humanamente sofrer.

Bernanos, então, partiu para a França, com um sombrio pressentimento no coração: o de que o horror do qual fora impotente testemunha em Palma talvez fosse, provavelmente fosse, apenas o prenúncio de outros horrores que estariam por vir. E assim escreveu: "Não vou parar de repetir que poderemos qualquer dia empreender a depuração dos franceses nos modelos da depuração espanhola, com a benção do episcopado... Não se preocupe, sussurra em meu ouvido Vossa Senhoria. Uma vez que a coisa estiver em andamento, fecharemos os olhos. Mas é justamente o que eu não quero, que vocês fechem os olhos, Excelências."

Bernanos nomeou o mal que estava por vir, mesmo correndo o risco de incorrer em vaias dos otimistas que esperavam encontrar qualquer escapatória e soltar palavras ao vento ao invés de constar os fatos, Bernanos dizia que esses otimistas se dedicavam a ver o mundo em cor de rosa para melhor se isentar de ter piedade dos homens e das desgraças que os atingiam.

Bernanos nomeou o mal que estaria por vir, e pagou muito caro por isso. Mas o futuro, como sabemos, lhe daria razão, já que três anos depois, um horror que superaria todos os outros assolaria a Europa.

Esperando por isso e porque falava livremente em um mundo que não o era, sua cabeça tinha sido colocada a prêmio por Franco (ele tinha escapado por pouco de dois atentados). E na França, sua última crônica sobre a guerra da Espanha, publicada pela revista *Sept*, tinha sido censurada pelos dominicanos que queriam se defender da acusação que lhes tinha sido feita de propagar o comunismo.

É preciso assinalar que Gide[20], que imediatamente assumiu a causa da República espanhola, foi ao mesmo tempo acusado de traição por ter em *Retour de l'URSS* (publicado em 36), criticado o regime soviético, todos os fanatismos decididamente se parecem, são todos iguais. A mesma acusação foi feita na Espanha contra aqueles que se arriscaram contestando, mesmo sem muita convicção, os métodos comunistas. Luis Cernuda, León Felipe, Octavio Paz, para citar apenas alguns, foram vigiados, interrogados e coagidos pelos comissários russos de óculos redondos, preocupados em retificar seus supostos desvios.

Maus tempos para Bernanos.

Maus tempos para aqueles que desconfiavam das subserviências quaisquer que fossem e que obedeciam à sua consciência e não aos doutrinários de um extremo ou do outro.

Ligeira abertura no céu de Montse, que começava a encontrar algumas cores, algumas suavidades, alguns benefícios em sua nova vida. Duas andorinhas tinham construído um ninho no galpão, ela ficou feliz com o bom presságio. E nunca a primavera tinha sido tão bonita.

Uma noite, Diego, que não bebia nem fumava e nem comia excessivamente, que era até mesmo de uma sobriedade espartana, entrou com o andar incerto e o hálito cheirando a uísque. Ao encontrar

[20] André Gide, escritor e editor nas éditions Gallimard, França. [N.T.]

Montse no quarto, levou carinhosamente seus braços ruivos em seu pescoço e, mergulhando seus olhos nos dela, lhe perguntou se estava feliz por ele ser seu marido.

Por um instante, ela teve a vontade de responder Eu não sei. Mas vendo-o tão sério e suplicante, mudou de ideia,

Está tudo bem, tudo bem.

Ele sentiu a necessidade de ouvi-la repetir. De verdade?

Tudo bem, tudo bem.

Então, Diego, que não queria ouvir mais,

Se para você está tudo bem, para mim tudo bem.

E no fundo de si mesma, Montse o agradecia por não ter procurado sondar sentimentos dos quais ela não tinha certeza.

Pouco a pouco, ela se tornou mais indulgente em relação a ele, prometendo gostar mais dele e ser mais indulgente consigo mesma. E como não era de sua natureza preservar uma tristeza lânguida, como não tinha nenhuma disposição para a infelicidade e muito menos para suas demonstrações, ela logo encontrou toda sua vitalidade, recuperou a noção do tempo, a noção da medida do tempo que tinha perdido desde o mês do Esplendor, quero dizer desde o mês encantado de agosto de 36, ela encontrou aquela aparência de bondade que, um ano antes, don Jaime tinha provavelmente confundido com aquela aparência modesta que é apenas sua forma amedrontada (confusão frequente, aliás, naquela tentativa feita por alguns de desvalorizar a bondade, virtude dos idiotas, como dizem), ela reencontrou seus ares de bondade, seu ar de bondade informada como escrevia Péguy sobre Lazare, ou seja, não aquela bondade dos inocentes e simplórios, também não era a bondade dos anjos nem a das santinhas, mas a bondade desiludida, a bondade clarividente, a bondade que conhece a noite dos homens e a supera, que tenta pelo menos superá-la.

Então, tudo correu bem durante aquela primavera de 37, apesar da guerra que não acabava e apesar das brigas que estouravam regularmente entre Diego e o pai.

Devo precisar que, apesar da admiração (misturada com ressentimento) que Diego sentia pelo pai, e que teve o cuidado de mascarar, e do carinho silencioso que don Jaime sempre deu ao filho, um muro separava os dois homens.

Durante anos, os dois tinham se trancado em uma patética impossibilidade de conversar, sem tentar há muito tempo quebrá-la, não trocando mais do que três palavras durante o dia, tomados por uma incompreensão recíproca que tinha se tornado um hábito tão firmemente estabelecido quanto o de responder bom dia e adeus.

Mas desde o início da guerra, esse desentendimento totalmente banal entre um pai e um filho passou a ser carregado de violência. E apesar da característica pacífica e indiferente de don Jaime, a tensão entre os dois homens tinha se tornado elétrica e os fogos cruzados frequentes. O afrontamento mudo que tinha sido o deles durante anos, agora explodia por tudo e por qualquer coisa, o menor detalhe podia fazer com que entrassem em violentas polêmicas. Era necessário confiar no capataz, sim ou não? Era necessário palitar os dentes no final de uma refeição, sim ou não? Era necessário comemorar o dia 12 de outubro, o Dia da Raça espanhola, sim ou não? Tantos motivos para contrariedades, aborrecimentos ou conflitos entre os dois homens, embora ambos tivessem a intuição de que as verdadeiras causas de seus desentendimentos se situavam realmente em outro lugar.

Quando as conversas à mesa iam para o lado da guerra e da política a ser conduzida para vencê-la (pois a guerra, diz minha mãe, era o assunto principal de todas as discussões), Diego, que não concebia que se pudesse optar por um outro delírio que não o seu, reclamava que o pai tinha virado as costas para o seu século e que ainda estava encharcado com as águas lamacentas da velha Espanha.

O mundo mudou, disse-lhe abruptamente, não é mais o mesmo de sua juventude. Seus camponeses não querem mais que os tratem como escravos e logo te expulsarão de suas terras.

Don Jaime balançava a cabeça, a sogra e a tia mostravam suas caras assustadas, e Diego desfrutava em segredo do prazer de provocá-las.

Escutando o filho, don Jaime lentamente entendeu que estava envelhecendo. Não tinha mais certeza da validade das ideias que tinha defendido quando tinha vinte anos, quando a política ainda lhe interessava. Para resumir, jovem burguês tocado pelo socialismo havia professado um humanismo chique, que possuía a vantagem de que, de jeito algum, seus privilégios fossem tocados, já que consistia em deplorar a opressão do povo e o poder imprudente do dinheiro, sem por isso renunciar a esse último, deixando aos intelectuais e aos poetas o cuidado de expressar em seu lugar seu mais profundo e mais sincero lamento sobre a miséria reinante.

Hoje, entre a frouxidão das posições progressistas que abraçou quando era estudante, o pesado fardo de uma tradição familiar incarnada por sua irmã doña Pura e a rigidez doutrinária de um Stalin e as monstruosidades que ela engendrava, don Jaime se recusava a escolher. Sua lucidez, assim como sua inteligência, tropeçava nessas três posturas (sem nem tocar no libertário), todas elas lhe pareciam ser fontes de enganos e cegueiras. Pior, ele pensava que ser afiliado a um dogma, a uma causa ou a um sistema, sem considerar algo diferente daquele dogma, daquela causa, daquele sistema, era o melhor meio para o homem um dia se tornar um criminoso. Ele chegava até esse ponto. Ainda que Diego repetisse que não tomar nenhum partido, quando a guerra exigia que cada um se comprometesse, fosse apenas uma maneira de se isentar, típica dos reacionários. Uma covardia de luxo. Uma renúncia que ele vestiu com o nome vantajoso de ceticismo.

Portanto, apesar das reprovações virulentas de seu filho (que o afetavam sem que ele admitisse para si mesmo), as insinuações pérfidas de alguns (dos quais tinha convicções apenas financeiras) e as pressões tendenciosas de todos (para que ele se declarasse claramente de um lado ou de outro), don Jaime foi o único no vilarejo a não se pronunciar por um lado e o único a constatar, não sem um aperto no coração, a loucura dos homens e a loucura de seu século.

Essa posição de recuo, que ele devia tanto à sua situação quanto ao seu caráter, escandalizava Diego. Ela inspirava a esse último palavras duras. E essas palavras faziam estilhaçar o belo distanciamento de don Jaime. Minha mãe se lembrava que, um dia, pai e filho tinham saído na mão por uma pergunta estúpida sobre como cozinhar ovo frito, don Jaime afirmava que era preciso colocar uma grande quantidade de óleo na frigideira, para que a clara ficasse bem crocante, Diego, indignado, afirmava que era preciso economizar os ingredientes gordurosos visto a incerteza que a guerra representava para o futuro, mas (se dirigindo ao pai) Você não dá a mínima para isso, é claro, aliás você não dá a mínima para nada, mas assim que as suas rendas caírem no seu

Don Jaime se levantou bruscamente de sua cadeira, Diego tinha feito o mesmo alguns segundos depois, e os dois se encontraram em pé, frente a frente, medindo olhares. Dois galos.

Don Jaime, geralmente tão calmo, com o rosto severo e sem o menor vestígio daquela ironia sorridente com a qual costumava reagir ao que o desarmava, declarou

Eu te proíbo de

Doña Sol,

Vamos, vamos.

Diego se virou em direção à Montse como se a tomasse como testemunha de uma atitude inadmissível do pai,

Decididamente, não há outra coisa que te incomode mais do que a verdade.

E Montse não dizia nada, não expressava nada, mas tomava para si mesma, sem hesitar, o partido de don Jaime.

Porque quanto mais os dias passavam, mais Montse se dava conta de que, quando pai e filho se afrontavam, ela tomava quase sempre o partido de don Jaime. É porque entre ela e don Jaime uma forma de simpatia discreta começava a nascer. Protegidos de alguma forma pelos laços de parentesco, eles se autorizavam, pouco a pouco, uma liberdade, uma confiança que, há alguns meses, Montse não poderia ter imaginado possível, persuadida de que, aos olhos de seu sogro, alguém de sua condição poderia suscitar somente indiferença ou desdém.

Um dia, estavam tomando café juntos na sala de estar, don Jaime virou-se em direção à Montse, colocou suavemente a mão em seu braço, a mão branca e feminina como são as mãos dos ricos, e lhe perguntou Montesita você pode acender meu cigarillo? E aquele Montesita, acrescentado ao suave contato de sua mão, tinha causado em Montse o efeito de um bálsamo (minha mãe: e qual é o problema?) e, a partir desse dia, ele não a chamou por outra forma que não fosse por esse carinhoso diminutivo, o que nem seu pai nem seu irmão nem seu esposo tinham jamais ousado, por vergonha, por pudor ou por medo de parecer fraco. O homem espanhol (diz minha mãe) se acha ridículo com falas afetuosas que acham que são pertencentes ao domínio exclusivo das mulheres. O homem espanhol, minha querida, tem uma ideia muito aguçada de sua virilidade, muito protuberante, digamos assim, e passa uma parte de sua vida repetindo que a possui e que goza dela, é cansativo. O homem espanhol, minha Lidia, é preciso evitá-lo a qualquer preço. Já te disse isso cem vezes.

As últimas reservas de Montse em relação a don Jaime desapareceram de uma só vez.

E Montse descobriu que, por trás do distanciamento ao qual ele se dedicava, se escondia um gosto pelos outros, uma doçura, uma ternura que Diego constantemente havia recusado ao mesmo tempo que a desejava e que agora ressurgia debaixo de uma casca, uma ternura que os anos tinham ferido mas não ao ponto de destrui-la.

Sem que nunca tivessem declarado, don Jaime e Montse se sentiam felizes na presença um do outro, uma amabilidade que até então não tinham sentido por ninguém, uma cumplicidade inédita e alegre, e um aumento de forças morais que lhes foram de bom proveito.

Montse pôde suportar melhor os discursos veementes de doña Pura contra as hordas vermelhas do proletariado que destruíam os negócios, e com que finalidade? com o propósito de rolar os polegares! sim senhor!, assim como os torturantes gemidos ocasionados por aqueles tão sensíveis e católicos órgãos.

Quanto a don Jaime, que sempre encontrou muitos álibis para ficar longe de casa e passar noitadas no povoado vizinho com seu amigo Fabregat bebendo vermutes com água de Seltz, imaginou o prazer de permanecer com "suas três mulheres" e de jogar, como um tonto, como um niño, batalha naval ou loto utilizando grão-de-bico e feijão seco. E no fundo, ele se alegrava de que as peripécias da guerra e a personalidade do filho tivessem de algum modo trazido a nora Montse em uma bandeja. Don Jaime, durante esse período, se sentiu secretamente rejuvenescer e Montse secretamente "se educar", como disse doña Pura.

Ao lado de don Jaime, Montse aprendeu que os modos corteses amenizam os laços e não eram necessariamente sinônimos de frescura de mulherzinha (como afirmava seu pai) nem de tipos burgueses (como afirmava José). A guerra, dizia don Jaime, não deve nos transformar em selvagens. Ao que seu filho também retrucava muito secamente que selvagens eram aqueles que exploravam os camponeses pobres, a atmosfera da sala repentinamente ficava tempestuosa.

Ela aprendeu, seguindo seu exemplo, a se vestir com cuidado (don Jaime era o único homem do vilarejo que se vestia elegantemente, pois, desde os acontecimentos de julho, todos se esforçavam em se vestir como pobres e usar uma camisa suja muitos dias seguidos, para que não fossem suspeitos de serem inimigos de classe, os vermelhos nesse ponto se demonstravam os mais exigentes).

Ela aprendeu palavras refinadas tais como congratular, esmorecer ou equivocar-se, que ninguém jamais tinha usado diante dela e que lhe davam a impressão de que aumentavam consideravelmente o seu espaço mental.

Ela descobriu o gosto pelas coisas belas, buquês de dálias dispostos sobre as mesas, talheres ordenados em uma simetria perfeita, pratos apresentados com arte e salsinha. E foi um gosto que ela guardou por toda a vida e que foi, no período de seu exílio francês, uma maneira de resistir (de resistir à nostalgia, de resistir à tristeza, mas, principalmente, de resistir à pobreza à qual foi condenada pelo salário caquético de Diego, que encontrou trabalho como operário na construção civil na empresa Mir, em Toulouse.

Frequentemente, Montse e don Jaime morriam de rir juntos e, muitas vezes, sem motivos, ou melhor, pelo único motivo de que ficavam alegres sendo tão diferentes, sentindo-se tão próximos um do outro.

Tínhamos personalidades muito engraçadas, diz minha mãe, e uma certa semelhança filosófica, bacana, como você diria, apesar de ele estar acima e eu abaixo.

Montse e don Jaime tinham em comum o fato de verem seu mundo afundar, o dele, o mundo que havia aprendido a considerar como estáveis antigas tradições ligeiramente desempoeiradas por um socialismo de boa reputação, o dela, o dos sonhos e fantasias que encantaram seus quinze anos e que ela via se dissolver todos os dias nos olhos do irmão, mas ambos sem nostalgia nem pena, escolhendo adotar quase sempre um tom leve, amenizando os dramas familiares que estavam a ponto de explodir, desviando-os para áreas politicamente neutras (principalmente dietéticas: você quer grão-de-bico na salada? ou no cocido?) e debochando amavelmente dos dogmas rígidos de Diego na esperança de dissuadi-los, e os ainda mais rígidos de doña Sol, mas sem esperança alguma que cedessem, era como falar com uma porta.

Pela primeira vez desde muito tempo, Montse e don Jaime experimentaram um calor no coração, uma confiança, um abandono, uma afinidade profunda, apesar de suas diferenças, o sentimento que eles, como dizer sem ser piegas? Digamos que sentiram um pelo outro amistad (minha mãe diz que em espanhol a palavra tem mais estilo, ok).

Uma noite em que Diego estava de plantão na prefeitura, doña Sol tinha se retirado para seu quarto e doña Pura ido dormir (as duas oportunamente doentes), don Jaime e Montse se viram sozinhos na sala depois do jantar.

Há muito tempo, Montse desejava esse cara a cara.

Muitas vezes, ela tinha corrido até ele no ímpeto de lhe fazer uma confissão, ele (esse ímpeto) era interrompido pela chegada inesperada de algum dos membros da família.

Naquela noite, então, depois de ter servido um conhaque a don Jaime que, com um sorriso, tinha declarado Meu reino por um conhaque! (por que meu reino? diz minha mãe, mistério e bouldegon!), se sentou na frente dele e corajosamente lhe confessou, sem ofensas, que tinha levado muito a mal a frase que ele havia pronunciado no dia 18 de julho de 1936 às 10 horas da manhã, quando tinha vindo se apresentar como candidata ao posto de doméstica: Ela tem uma aparência bem modesta, frase na qual tinha percebido uma nuance insuportável de desprezo e que a tinha ferido muito mais violentamente que os golpes de cinta de seu pai, ao ponto que fizera, nada mais nada menos, que ela desejasse a revolução.

Don Jaime ficou desconcertado.

Depois, passado o tempo de se reestabelecer, ele lhe pediu desculpas por sua falta de jeito.

Montse, rapidamente, lhe pediu desculpas por sua suscetibilidade.

E os dois iniciaram uma avalanche de desculpas, de gaguejos, de arrependimentos infinitos, eu não deveria ter, mas sim, mas não, como eu pude, não se desculpe, mas sim, mas não, era o que eu deveria ter feito, mas não, mas sim, até que, juntos, caíram no riso.

Depois disso, permaneceram um momento silenciosos e calmos na sala que se enchia de sombras.

Como o silêncio se prolongava,

No que você está pensando? perguntou don Jaime a Montse, cujos olhos absortos pareciam ver longe atrás da janela.

Foi a ocasião de ter ousado lhe falar sobre aquele instante que havia inaugurado suas relações de modo desastroso e sobre a raiva associada à vergonha que ela tinha concebido disso, foi a ocasião, depois de tantas abordagens tímidas e de avanços contidos ou por qualquer outro motivo, de finalmente ter conquistado sua amizade e sua confiança, Montse ainda arriscou abordar naquela noite o que nunca tinham evocado juntos a não ser em termos velados, em virtude desse princípio estranho que quer que falemos de tudo, exceto do que nos fere: a primeira infância de Diego, que aconteceu da seguinte forma.

Aos vinte anos, don Jaime foi estudar em Barcelona. Naquela época, lia Voltaire e Miguel Unamuno, ria do fanatismo de sua mãe, defendia ideias socialistas ao mesmo tempo que frequentava os salões burgueses. De manhã participava de torneios de golfe e de noite, de reuniões de operários, e passava a madrugada com amigos ricos nos bares do bairro Chino.

Foi lá onde conheceu Paloma, que trabalhava como garçonete no Chiringuito, e por quem ficou loucamente apaixonado.

Juntos, instalaram-se em um apartamento que o pai de don Jaime alugava para o filho e viviam amasiados, como se dizia naquela época, dissimulando sua ligação do mundo inteiro.

No início de sua vida em comum, don Jaime acreditou cegamente em todos os aborrecimentos, humilhações e perseguições das quais Paloma reclamava longamente.

Ele achava que ela estava sendo observada em todas as suas ações e gestos pela vizinha, uma loira com um traseiro inquieto e, para dizer a verdade, uma tentação. Ele acreditou que esta a estava seguindo, com intenções tão obscuras quanto ameaçadoras, e que ela estava lançando difamações sobre sua pessoa, espalhando para todo o edifício que ela tinha a moral depravada.

Ele acreditou em Paloma contra toda razão e simplesmente porque a amava.

Ele até mesmo se propôs em repreender a maldosa vizinha para acabar com aquele jogo e exigir severamente algumas explicações. O que ela queria com ele? Por que ela a estava perseguindo daquele jeito? Por que estava espalhando odiosas calúnias?

Ele acreditou em Paloma até o dia em que a encontrou imóvel na cozinha, o rosto paralisado, à espreita:

Estou sentindo ela.

Quem?

A vizinha.

Atrás da parede?

Estou sentindo ela.

Mas é impossível.

Você não está acreditando em mim? Por quê? Vocês estão juntos? Vocês se uniram?

Naquele dia, Don Jaime ficou extremamente desconcertado com o comportamento de Paloma. Ele o julgou peculiar. Depois estranho. Depois preocupante. Depois francamente patológico. E depois de mil dúvidas e questionamentos angustiantes, chegou à conclusão de que ela estava delirando. De fato, há alguns meses, Paloma, que se achava dotada de um sexto sentido, passava quase todos os dias ouvindo os barulhos vindos da casa ao lado, barulhos codificados, dizia ela estremecendo, chamados cheios de alusões preocupantes, sinais indecifráveis que a vizinha enviava para entrar em contato secretamente com don Jaime. Assim, o caso agora tinha ficado bastante claro para ela: seu amante estava afim da outra (a outra, era assim que ela chamava a vizinha, a outra ou a cadela ou a puta ou a vadia). Aquilo era horrível de ver.

Ela bateu a parede três vezes com o punho, lançava a don Jaime uma cara de louca e os olhos de louca. O que você está esperando para pular em cima dela? Ela te excita, diga!

Tire essas ideias da cabeça, respondia don Jaime, que tentava lhe mostrar seus absurdos por meio de raciocínios lógicos.

Mas ela não cedia. Vá! Vá encontrá-la! O que você está esperando? Vá! Vá!

E, desesperada, ela começava a gritar e a bater nele com os punhos soltando insultos, enquanto don Jaime dizia para si mesmo que iria embora definitivamente, mas para ficar sozinho, sozinho, sozinho, sozinho, sozinho.

Um dia, Paloma lhe revelou que estava grávida e don Jaime começou a ter esperanças de que a vinda de um filho colocasse um fim em seus delírios. Mas Diego veio ao mundo no dia 12 de junho de 1917, o que fez com que o desvario de Paloma só aumentasse.

Paloma e Diego viveram durante dois anos completamente amarrados um ao outro, inseparáveis, indistinguíveis, ao passo que don Jaime teve a impressão de ser apenas um importuno aos olhos deles, um estranho que tentava se intrometer em sua bolha idílica com sapatos grandes. E, de alguma forma, os dois sobreviveram graças ao dinheiro dado por don Jaime, que acabou se instalando em um quarto próximo e continuando seus estudos em direito sem entusiasmo.

Mas o sentimento delirante de que a vizinha a estava assediando fez Paloma cometer loucuras, é realmente verdade que a mente humana pode se tornar um lugar de tormentos ainda muito mais cruéis do que os do inferno. Achando-se vítima de um malefício e em perigo de morte, uma noite, ela invadiu a casa de sua inimiga, armada com uma tesoura, com a qual a ameaçou de arrancar-lhe os olhos. Houve gritos. Sons de luta. Correria. Os vizinhos vieram socorrer. Os policiais, chamados, chegaram. Paloma foi levada à delegacia com o pequeno Diego chorando em seus braços. Depois disso, foi internada em um hospital psiquiátrico com o diagnóstico enigmático de *delírio interpretativo de Sérieux e Capgras.*

No desespero, Don Jaime resolveu deixar o pequeno Diego com uma família que uma assistente social lhe havia indicado, uma família de acolhimento como se diz na França, mas que se mostrou com o tempo bem pouco acolhedora.

Os Fuentes, era o nome deles, alimentaram o menino, deram banho nele, o colocaram para dormir, o vestiram e o levaram para a escola, impecavelmente.

Eles o ensinaram a dizer obrigado, igualmente, primeiro o senhor, por favor, bom dia, adeus, a ter uma boa postura, a limpar os pés, a comer com a boca fechada, a não responder aos adultos, a não fazer perguntas para eles.

E quando o pequeno Diego, desafiando a proibição, os questionava sobre assuntos urgentes como são os que preocupam as crianças, assuntos relativos ao abandono e à morte, o obrigaram a se calar, impecavelmente, preocupados em lhe impor boas maneiras: sem perguntas, sem mentiras.

E quando ele perguntava se a mãe ainda ficaria doente por muito tempo, quanto? dez dias? vinte dias? cem dias? (pois ele sabia contar até cem), eles respondiam, impecavelmente, para que ele revisasse suas lições ao invés de pensar em besteiras.

Durante as visitas quinzenais de don Jaime, os Fuentes se acabavam em longas dissertações sobre a boa alimentação que davam para a criança, as boas roupas que compravam para ele e os bons cuidados corporais que diariamente lhe destinavam.

Mas o menino, embora impecavelmente alimentado, impecavelmente vestido e impecavelmente polido, sentia de forma confusa uma falta, um sofrimento que ele não conseguia determinar a causa. Quanto melodrama, digo. Exatamente, minha mãe diz, te proíbo de tirar sarro. Foi quando ele estava deitado sozinho, no escuro, entregue às sombras, sem uma palavra carinhosa, sem um gesto carinhoso, sem um sorriso carinhoso, que o desespero o tomou e assumiu a forma de coisas aterrorizantes. Então, ele pediu socorro, chorou, não sabia do que sentia medo, mas morria de medo e este medo sem limites multiplicou suas imaginações assustadoras. (Ele deve ter guardado durante a vida toda esse sentimento de insegurança terrível que, nos últimos anos de sua vida, acabaria passando por cima de tudo, e o levando também ao hospital psiquiátrico.)

Então, a mãe de família caminhava calmamente até seu quarto e lhe pedia, impecavelmente, para chorar mais baixo para não acordar a casa. Se ele ainda continuasse chorando, impecavelmente, que deixasse sua lamparina acesa.

E se continuasse chorando, o pai voltaria e ressaltaria, impecavelmente, que os medrosos eram, aos seus olhos, os mais lamentáveis dos homens. Dessa forma, a criança pouco a pouco começou a reprimir todas as emoções diante da tia e do tio, como os chamava, uma coerção que na maioria das vezes os homens se impõem apenas tardiamente. Aprendeu a cerrar os dentes, a silenciar as dores, a endurecer contra a lâmina delas. E seu rosto assumiu uma expressão de dureza muito surpreendente para um menino daquela idade, uma expressão como a que se vê nas crianças sobreviventes dos desastres de guerra, uma expressão que, em todas as visitas, cortava o coração do pai.

Quando don Jaime se encontrava a sós com Diego, lhe perguntava, preocupado, Você está bem, meu Dieguito? Você está chateado com alguma coisa? Você tem que dizer para o papai se você está chateado. É preciso dizer tudo para o papai.

E Diego balançava a cabeça e dizia seriamente que tudo ia bem, pela simples razão de que ele não era capaz de avaliar e saber o que não ia bem.

Mas nos momentos de se despedir, a criança agarrava loucamente as pernas do pai para impedi-lo de ir embora, não vá, não vá, não vá. Tanto que don Jaime, à beira das lagrimas, teve que soltar os pequenos pulsos do filho que se agarravam a ele com uma força impressionante, Diego foi obrigado a ser brutal para conseguir um abraço, ao mesmo tempo que o pai o deixava por duas longas semanas de ausência.

Don Jaime teve cem vezes o desejo de levá-lo embora com ele. Mas cem vezes renunciou diante do que lhe parecia ser uma tarefa impossível para o solteiro que era. Assim que se casou com doña Sol, foi buscá-lo.

Diego tinha sete anos.

Depois de sete meses de guerra civil, Bernanos fez a conta dos mortos na ilha de Maiorca: três mil assassinatos durante sete meses, que são duzentos e dez dias, ou seja, quinze execuções por dia.

Com uma ironia desesperada, calculou então que se a ilha pode ser percorrida de uma ponta a outra em duas horas, um motorista curioso poderia, portanto, ver quinze cabeças malpensantes estourarem em um único dia, uma boa marca.

Como as belas amendoeiras de Maiorca poderiam ainda florir novamente, naquele ar saturado de sordidez?

Em 28 de março de 1937, Montse dá à luz a uma menininha. Tanta coisa tinha acontecido no vilarejo desde a declaração de guerra que ninguém se abalou que Montse colocou no mundo uma criança pretensamente prematura que pesava 3,820 quilos e que era um encanto.

Deram o nome de Lunita.

Lunita é minha irmã mais velha. Ela tem setenta e seis anos hoje. Tenho dez a menos que ela. E Diego, meu verdadeiro pai, não é o pai verdadeiro dela.

A chegada de Lunita fez felicidade de todos.

Doña Pura, nas nuvens, concordou com mil exceções no código de sua dignidade e foi afetuosa, até mesmo delirante. Era só a criança chorar que ela a pegava nos braços ossudos, murmurava com um sorriso idiota Eu vou fazer pam pam no seu bumbumbum, com amor salpicava o talco como se fosse um doce que ela comia com beijos extasiados e com uma voz infantilizada Qué mona, qué linda, qué hermosa eres, cariño mío, tesoro mío, amor mío, etc.

Beata, doña Sol a colocava em seus joelhos para fazê-la saltar no ar cadenciadamente Arre borriquito, arre burro arre, arre borriquito que mañana es fiesta, enquanto Lunita sufocava de tanto rir.

Diego, que não pôde esconder sua decepção no dia de seu nascimento, pois desejava um macho, olhou para seu rostinho enrugado com uma espécie de descrença, Diego dava amorosamente o mamá para que ela bebesse, esperava amorosamente seu pequeno arroto, o arrotinho mais charmoso, o mais delicado, o mais lírico, o mais espiritual e o mais musical do mundo, parabenizava-a por tanta graça artística, depois se entregava aos mimos idiotas e aos carinhos brandos, você está rindo do seu pai? Você está dando uma risadinha, querida?

Quanto a Montse, ela estava tão feliz de ver crescendo sua filha, que se mostrava muito desperta, muito teimosa e muito obstinada sob seus ares de doçura, Montse não pôde deixar de pensar que a revolução de 36 tinha tido um efeito inesperado: o de modificar o DNA familiar, pois o rosto de Lunita não guardava nenhum traço dos vestígios da aparência modesta transmitida de geração em geração como um traço dominante do genoma e um apelo à humilhação.

Que personalidade! disse don Jaime, maravilhado, quando ela batia os pés com raiva, recusando a chupeta.

Para Montse, Lunita estava ali e tudo o resto tinha se tornado secundário. Ela mal ouviu Diego quando ele veio lhe anunciar com o rosto trágico que Guernica e sua população tinham sido bombardeadas implacavelmente pela divisão Cóndor. Ela mal franziu a testa, tanto que estava empolgada com o fato de acreditar ter ouvido dos lábios da filha adorada, com um mês, a palavra pipi, o que indicava, declarou ela seriamente, uma inteligência completamente fora do comum.

Montse estava louca por sua filha, e ela, que nunca tinha gostado da ruivice de seu marido, agora se encantava pela ruivice de Lunita. Você é meu esquilinho, murmurava, você é minha raposinha, meu castorzinho, minha galinha vermelha, minha ruivinha querida, minha lontrinha, minha ruivinha, mi caramelo. E cantava:

Dice la gente que tiene
Veinticuatro horas el día.
Si tuviera veintisiete
Tres horas más te querría.

José, por sua vez, sucumbiu ao charme da criança e sua pena, por um momento, foi atenuada. Como Montse lhe suplicou para ser o padrinho laico de Lunita, ele cedeu e aceitou ir à casa dos Burgos, com a condição de que Diego estivesse ausente durante suas visitas. Ele levou seu papel muito a sério, dedicou-se em ninar a criança cantando a *Internacional*, contava-lhe histórias nas quais Makhno e Lacenaire eram os heróis e, entre dois beijos frenéticos, fazia discursos violentamente antifranquistas que a pequena Lunita escutava encantada e cantarolava, ao passo que doña Pura, horrorizada, fugia correndo em direção ao quarto.

A família inteira estava totalmente boba.

Ela quase não se incomodava com os poucos debates que surgiam sobre a questão do batizado.

Doña Sol e doña Pura achavam que era necessário batizar a menininha, caso contrário, depois da morte, ela passaria toda a eternidade vagando solitariamente pelo limbo, e se encarregaram de recrutar um padre, se ainda restasse algum. Diego afirmou firmemente que se opunha a essa farsa. Don Jaime disse que se conformaria com a decisão tomada pelos pais.

José ameaçou cometer uma loucura, se sua sobrinha adorada fosse convertida antes mesmo de saber falar.

E Montse, dividida, pediu um tempo para pensar.

Em 19 de março de 1937, ou seja, nove dias antes do nascimento de Lunita, o Papa Pio XI, de santa memória, publicou sua encíclica DIVINI REDEMPTORIS, a fim de romper o silêncio sobre o perigo intrinsicamente perverso que ameaçava o mundo (cito).

Esse perigo ameaçador, essa praga satânica (cito), era o comunismo bolchevique e ateu que queria derrubar a ordem social e minar os alicerces da família cristã.

Esse perigo proclamava, entre outras aberrações, o princípio de emancipação da mulher, propondo retirá-la da vida doméstica e do cuidado das criancinhas para lançá-la na vida pública (cito) onde proliferavam bactérias à espreita e influências malignas de todos os tipos.

Mas o perigo mais grave, de longe, residia no fato de que uma sociedade humana fundada sobre os princípios materialistas bolcheviques não poderia, evidentemente, propor outros valores que não fossem os engendrados pelo sistema econômico. Sua santidade o Papa Pio XI, absorvido demais pelo amor a Deus, teria feito, inadvertidamente, uma confusão lamentável entre economia comunista e economia capitalista? Provavelmente. Para ser justo com ele, vamos precisar que no mês de fevereiro de 1939, ele empreendeu, com uma habilidade verdadeiramente vaticana, a redação de uma encíclica que denunciava as perseguições do nazismo e as manipulações operadas pelos fascistas italianos sobre os discursos da Igreja. Mas ele morreu na noite anterior à sua difusão.

Em 3 de maio de 1937, José ficou sabendo pela rádio que, sob a liderança dos comunistas, e para dar razão ao Papa Pio XI, um grupo de assaltantes invadiu a sede da administração da cidade, que estava nas mãos dos libertários e dos membros do POUM, com a finalidade de eliminar esses últimos de uma vez por todas. Depois de vários dias de combate, as milícias comunistas acabaram prendendo, encarcerando e matando um grande número de anarquistas e membros do POUM acusados de serem traidores pagos por Hitler. (Ilya Ehrenburg, ao escrever *No Pasarán,* tornou-se um dos defensores dessa acusação. O livro, estranhamente, mais tarde, desapareceu de sua biografia oficial.)

Os comunistas queriam, há muito tempo, controlar o jogo político e liquidar da revolução seu conteúdo libertário. Há muito tempo, estavam empenhados em desacreditar, por meio da calúnia, aqueles que a reivindicavam. Mas a calúnia é um método para maricas. Agora, é necessário falar sério. Como? Fuzilando, é claro.

Foi o que fizeram.

José ficou desesperado.

E ele ficaria ainda mais, um mês depois, ao saber da exclusão do grupo anarquista do governo regional assim como a repressão violenta a seus membros, da dissolução do POUM e da prisão selvagem de seus militantes e, principalmente, da tortura e do assassinato de seu dirigente Andrés Nin (que teve a má ideia de denunciar publicamente os Processos de Moscou) durante uma operação chamada Nikolai que tinha sido comandada por Stalin, com a cumplicidade do governo legal (*Stalin, mais sábio que todos os homens juntos,* escreveu Neruda, o mais servil dos poetas stalinistas, dizia José, diz minha mãe). Para completar, centenas de coletividades seriam dissolvidas *manu militari* em agosto de 37 por unidades sob o comando comunista.

De tudo isso, a imprensa europeia não deu um pio.

É preciso notar que, por outro lado, o PRAVDA do dia 17 de dezembro de 1936 havia advertido: "A depuração dos elementos trotskystas e anarco-sindicalistas começou e este trabalho será conduzido com a mesma energia que na URSS."

José ficou sabendo desses acontecimentos, Los Hechos de Mayo, como foram designados, pela rádio libertária que ouvia todas as manhãs.

Com esse anúncio, seu sangue ferveu, correu até a prefeitura, como um louco, uma raiva louca o possuía, o conduzia para frente, fazia suas pernas correrem. No caminho, não viu ninguém, não viu nada, o sangue latejava em suas têmporas, suas pernas galopavam, o sangue de sua fúria o fazia galopar. Invadiu o escritório de Diego, lívido, ofegante, com os cabelos desordenados, o coração disparado, sufocando de raiva, não viu que um grupo de quatro jovens conversava com Diego, não viu nada, não ouviu nada, não prestou atenção em nada, não teve nenhum pensamento, apenas um desejo de assassinato.

Colocou-se na frente de Diego, bem em sua frente, e gritou Você não passa de um canalha traidor.

E como Diego o olhava friamente, sem falar, berrou,

Ouse negar que teus companheiros não fizeram nada nos acontecimentos de ontem!

Você poderia se explicar? diz Diego sem se alterar, com uma voz calma, distante e uniforme, ainda que tivesse compreendido perfeitamente do que se tratava.

Você não passa de um canalha imundo, berrou José, você me dá nojo.

Tome cuidado, ameaçou Diego friamente, pausadamente e sem elevar a voz. Você pode se arrepender de suas palavras.

Os dois homens se entreolharam.

Se você não fosse o irmão de Montse, eu te

Diego não terminou a frase.

Dois dos jovens presentes no escritório se lembrariam sete meses depois, quando o drama entre os dois fosse comentado de mil maneiras, do tom ameaçador com o qual Diego tinha proferido aquelas palavras e o aviso premonitório que continham.

Não se atreva nunca mais a pronunciar o nome da minha irmã na minha frente, gritou José.

E saiu do escritório sem ver os rostos espantados dos quatro jovens que ajudavam Diego, desceu a calle del Sepulcro sem ver as reações dos que passavam por ele, assustados com a expressão desesperada de seu rosto, de louco, selvagem, depois chegou em casa sem ver o olhar de pânico de sua mãe que o esperava preocupada no alto das escadas e a quem empurrou tão violentamente que quase caiu.

Após sua partida, Diego, com o rosto inexpressivo (apenas uma contração no canto da boca), pediu para os assistentes que o deixassem sozinho: queria pensar. Depois do casamento, Diego tinha vagamente abraçado o projeto de trazer José para sua causa. Ele acreditava que sua revolta era uma pequena febre que poderia ser curada. Além disso, acreditava que todas as revoltas eram pequenas febres que podiam ser curadas. Uma infusão de tília, um beijo na ferida ou um chute bem dado e volte para a casa da sua mãe! Mas não, não. Agora ele entendia que se tratava, para José, de muito mais coisa. Ele entendeu que se tratava de um engajamento, como dizer? de um engajamento que estava além da sua vontade, da sua decisão, um engajamento irrepreensível, tão perigoso e tão exigente quanto o do amor, uma implicação de todo seu sangue e de todo... como dizer?

Ele tinha apenas uma certeza, a de que a ruptura entre ele e José, de agora em diante, seria irrevogável. Mas de um certo modo, e por mais que ele tivesse dificuldade em admitir para si mesmo, essa ruptura o libertava. Pensava que ela o livraria finalmente do olhar constantemente desaprovador de José, que ela o livraria de seu espírito de chacota, que ela o livraria da incredulidade que ele manifestava diante dos dogmas mais incontestáveis e que ela o livraria, principalmente, de sua infernal, de sua indestrutível, de sua irremediável pureza.

E, talvez, ela o livrasse também de seu velho ressentimento da infância que pesava ainda em seu coração. Pois, curiosamente, desde que tinha se casado com Montse, seu velho ressentimento, que havia conseguido mais ou menos disfarçar maquiando-o com argumentos políticos, seu velho ressentimento somente havia crescido. Ele não podia se livrar do sentimento de que José era mais amável que ele, mais sedutor, mais magnético, mais espanhol, que ele possuía essa coisa tão misteriosa e feminina que se chama charme, e que sua esposa Montse só poderia fazer tal comparação, supondo que ela a fizesse, em seu detrimento.

Alguns diziam que aquele ressentimento, aquela ferida de Diego diante da graça de José, da qual achava que era privado, estava em parte na origem do drama que em breve se desenrolaria e que constituiria o epílogo fúnebre da história deles.

Eu te amo, diz minha mãe segurando minha mão.

Em julho de 37, foi publicada a carta coletiva do episcopado espanhol.

A carta foi assinada por todos os bispos e arcebispos que expressavam sua aprovação plebiscitária à ditadura de Franco e sua vontade de empenhar as forças de Deus para lutar contra as forças do mal por todos os meios possíveis.

Os signatários foram:

† ISIDRO, card. GOMÁ Y TOMÁS, arcebispo de Toledo;

† EUSTAQUIO, card. ILUNDÁIN Y ESTEBAN, arcebispo de Sevilha;

† PRUDENCIO, arcebispo de Valença;

† MANUEL, arcebispo de Burgos;

† RIGOBERTO, arcebispo de Saragoça;

† TOMÁS, arcebispo de Santiago;

† AGUSTÍN, arcebispo de Granada, administrador apostólico de Almería, Guadix e Jaén;

† JOSÉ, bispo-arcebispo de Maiorca;

† ADOLFO, bispo de Cordoue, administrador apostólico de bispado-priorado de Ciudad Real;

† ANTONIO, bispo de Astorga;

† LEOPOLDO, bispo de Madrid e de Alcalá;

† MANUEL, bispo de Palencia;

† ENRIQUE, bispo de Salamanca;

† VALENTÍN, bispo de Solsona;

† JUSTINO, bispo de Urgel;

† MIGUEL DE LOS SANTOS, bispo de Cartagena;

† FIDEL, bispo de Calahorra;

† FLORENCIO, bispo de Orense;

† RAFAEL, bispo de Lugo;

† FÉLIX, bispo de Tortosa;

† ALBINO, bispo de Tenerife;

† JUAN, bispo de Jaca;

DITEUR † JUAN, bispo de Vich;

† NICANOR, bispo de Tarazona, administrador apostólico de Tudela;

† JOSÉ, bispo de Santander;

† FELICIANO, bispo de Plasencia;

† ANTONIO, bispo de Chersonèse de Crète, administrador apostólico de Ivice;

† LUCIANO, bispo de Segovia;

† MANUEL, bispo de Curio, administrador apostólico de Ciudad Rodrigo;

† MANUEL, bispo de Zamora;

† LINO, bispo de Huesca;

† ANTONIO, bispo de Tuy;

† JOSÉ MARÍA, bispo de Badajoz;

† JOSÉ, bispo de Girona;

† JUSTO, bispo de Oviedo;

† FRANCISCO, bispo de Coria;

† BENJAMIN, bispo de Mondoñedo;

† TOMÁS, bispo de Osma;

† ANSELMO, bispo de Teruel-Albarracín;

† SANTOS, bispo de Ávila;

† BALBINO, bispo de Málaga;

† MARCELINO, bispo de Pamplona;

† ANTONIO, bispo das Canárias;

Hilario Yaben, vigário capitular de Siguënza;

Eugenio Domaica, vigário capitular de Cádiz;

Emilio F. García, vigário capitular de Ceuta;

Fernando Álvarez, vigário capitular de León;

José Zurita, vigário capitular de Valladolid.

Todos os padres da Espanha, em sua maioria modestos, em sua maioria distantes do poder e em sua maioria próximos do povo, se curvaram voluntariamente ou pela força aos princípios promovidos por essa carta de apoio incondicional ao general Franco e tiveram que colocar suas batinas acima de suas consciências. Numerosos foram os que pagaram com a morte.

Em um jornal francês do dia 27 de agosto de 1937, Paul Claudel reprovou de modo entusiasta essa carta coletiva. Anteriormente, ele já havia expressado, com o mesmo fervor, seu apoio a Franco e à sua cruzada sublime. Que Franco, aquela triste figura, ganhasse apoio de mentes consideradas excelentes era, para Bernanos, algo inconcebível. "Provavelmente, escrevia ele, eu nunca teria falado do general Franco se você não tivesse afirmado fazer do pesadelo de um Galliffet uma espécie de herói cristão no costume francês... Por que diabos alguém exigiria de mim que eu admirasse uma espécie de general, que fez de sua legitimidade pessoal uma ideia tão feroz, que cometeu perjúrio duas vezes diante de seus superiores?"

Claudel, eu estava dizendo, aprovou a carta coletiva do episcopado espanhol com uma paixão igual à que começou a odiar os judeus e a sustentar que o mal francês viesse muito mais dos protestos dos trabalhadores do que de Hitler e Mussolini.

Alguns se deixavam enganar por esse argumento. Não Bernanos. "De acordo com as boas intenções, escreveu ele, o trabalhador francês, oprimido, morreria de bem-estar" e de lembrar suas terríveis condições de vida.

Bernanos compreendeu que, latindo contra os trabalhadores franceses, Claudel e alguns outros apenas cobriam o ruído produzido pelos dois tiranos com suas botas e suas jaculações. E ele repeliu sem hesitação qualquer cumplicidade nessa operação imunda de tornar os trabalhadores franceses nos únicos responsáveis pela falência de um regime.

A revolução é natimorta? perguntou-se José vendo sua mula preta dar voltas em torno do moinho de água. Devo fazer o luto da vida com a qual tanto sonhei em Lérima? É isso o que se chama amadurecer? Essa derrota?

Pela boca de Diego, os discursos comunistas que repetiam, seguindo a bem testada técnica de propaganda, que os libertários eram os aliados objetivos de Franco pareciam ter sido bem aceitos pelos moradores do vilarejo. Tanto que José foi caindo progressivamente na estima deles, até se tornar um objeto de reprovação pública. Uma ovelha negra.

Os pequenos proprietários de terras o culparam em nome da propriedade fundiária (que ele queria aniquilar), os trabalhadores rurais diaristas, em nome da organização do trabalho (que havia contestado), os devotos, em nome da religião (que ele havia blasfemado, pintando de vermelho a coroa da Virgem), os delicados e delicadas, em nome da delicadeza (que ele ofendia com seus xingamentos bem expressos e com um bom repertório de implicações) e Diego, em nome de uma velha rivalidade de infância (oportunamente convertida em ódio político).

Em um primeiro momento, a reação de José, tão lógica quanto paradoxal, foi a de se fechar ainda mais vigorosamente em sua utopia libertária que estava sendo violentamente desacreditada.

José dizia que nada, nunca, a superaria. Que ela era uma luz trêmula no fundo de um poço de esperança. Um sopro generoso em um mundo deprimente. Dizia que tê-la abrigado, nem que fosse por um momento, tinha feito dele, para sempre, outro. Ele dizia que a Espanha era a única terra onde ela podia crescer. E nos dias de grande inspiração, dizia que as sementes dessa flor, enterradas durante milênios, conservavam intactos seu poder de florir.

Que os cães obedeçam a Diego, eu obedeço à minha quimera! disse à sua mãe, que o olhava pasma e profundamente preocupada.

Depois, imperceptivelmente, sua fé vacilou. Ele se desiludiu. Ou mais exatamente, atravessou um período em que não podia acreditar completamente em seu sonho, nem o renunciar completamente. Passou a dizer, essencialmente, que os homens são o que são, ou seja, imperfeitos, ou seja, muito imperfeitos, ou seja, muito muito imperfeitos, e a sociedade que formam, submissa ao jogo instável de seus desejos e de suas fantasias, o que ele passou a defender, a partir daquele momento, era a ideia de uma utopia desvirginada, uma utopia informada, clarividente, limpa de suas ilusões fumegantes, ou seja, impossível, ou seja, inatingível, mas pela qual era necessário lutar sem trégua e até o mais alto nível possível de emancipação.

Esse era o discurso.

Mas uma rachadura abriu-se nele e esse discurso não era capaz de remendar. E o sofrimento, que ele tinha sentido no café das Ramblas diante do ódio dos assassinos do seu lado, esse sofrimento, que tinha conseguido manter algum tempo em respeito, o afogou. E um tipo de amargura começou a surgir. Tudo isso só poderia acabar mal, ele dizia, era comum. Eu me desgastei em vão, disse, isso vai me ensinar. As expectativas são armadilhas, dizia, esta desgraça.

Esse firme sonhador que tinha perdido definitivamente seu sonho caiu em um luto que era o luto de sua revolta, o luto de sua infância e o luto de sua inocência, e acusou Diego de ser o único culpado.

Diego se tornou sua ideia fixa.

Seu inimigo ideal.

Depois dos Hechos de Mayo, tinha se tornado odioso para ele, ainda mais odioso, ainda mais imperdoável que antes.

Ele o dominou com seu desprezo.

José repetiu cem vezes por dia que aquele cão havia traído a revolução, pois ele falava da revolução como teria falado de uma amante, o que ela era para ele, acredito. Que aquele cão a tinha degradado. Que aquele cão a tinha enganado. Que aquele cão a tinha matado. Que aquele cão a havia conquistado fingindo servi-la, pois, antes de reivindicá-la, ele não tinha compreendido que era preciso começar fazendo por si próprio. Demonstrava para a mãe, que suspirava, Isso o coloca novamente em uma resignação consternada, depois demonstrou para Maruca, a quitandeira, que o escutava com a paciência dos adultos que escutam histórias de crianças, então demonstrou pela centésima vez a Juan que, para distraí-lo, o levou ao café de Bendición.

Um vermute, pedia José.

Dois, dizia Juan.

No café, as conversas tratavam sobre as quantidades de azeitonas que as oliveiras dariam naquele ano.

Só isso os interessa, dizia José.

As olivas e a bunda, dizia Juan.

E a Santíssima Virgem, dizia José.

Vão bem juntos, dizia Juan.

Depois disso, os dois caíram em um silêncio morno.

E Rosita? dizia Juan.

Ainda na cantina? dizia José.

Não, disse Juan, ela está se divertindo em Paris, e dava uma risada sombria.

Então, os dois voltavam a ficar em silêncio.

Olhem para mim, idiotas! exclamava José de repente.

Era seu momento metafísico. Os homens, ele dizia, no front cruzado por duas trincheiras, os homens têm cada vez mais tendência a se enganar e a mentir para si mesmos, é um progresso, mas às avessas; eles se deixam enganar com deleite pelo primeiro que fala alto e que lhes diz Sigam o guia; estão medrosos, rastejantes, prontos para serem escravizados e seu medo servil toma o lugar da morali-

dade; se consolam sobre a morte de suas esposas mais rapidamente que sobre a perda de um bem, constatei isso muitas vezes; é pouco dizer que eles são covardes e o que batizam como mala suerte não é nada diferente do que o nome que dão para covardia; fracos, logo vingativos, eles ....
....
....
....
....
....
....
....
....; e a ladainha das trevas e baixezas humanas que ele estava inventariando sombriamente podia também se prolongar durante horas diante de um Juan igualmente sombrio que pedia,

Um outro vermute, por favor.

Pois ele precisava, urgentemente, de um estimulante.

Uma nova fase começou na vida de José quando ele começou a acusar a si mesmo com uma violência tal que assustou a própria mãe.

Ele se amaldiçoou. Repreendeu-se. Detestou-se.

Vomitou o que antes tinha adorado.

Divorciou-se dele mesmo.

Por uma estupidez criminosa, ele dizia, tinha acreditado ter entrado no paraíso, mas era um paraíso para poodles. Como ele podia ter sido tão ridiculamente infantil? Quanto à Pureza, a Infância infinita, o leite, o mel, os prados fraternos, as aspirações sublimes da aaalma: Tolices! Engana-trouxa! Péssimos consolos inventados por patéticos como ele que o mundo machucava e que se protegia com vagas utopias. Precisava se purgar disso. Rapidamente. E sem lágrimas. Destruir aqueles castelos. Cuspir aqueles marshmallows.

A partir de então, começou a ter pensamentos tenebrosos, a derramar sobre tudo as cinzas dos enlutados, dizendo A Espanha vai para a sepultura, é fatal, dizendo Está tudo fodido, jodido, não espero mais nada, dizendo Não dou a mínima para os assuntos do vilarejo, não há nada para lutar, nada mais para lutar.

Anteriormente, havia afirmado, com desenvoltura, que seria melhor ser um leão morto do que um cachorro vivo, e passou a resmungar que vivia como um cachorro. Vivo?

Ele se perguntava.

Sua personalidade azedou.

Uma dobra amarga marcou sua boca.

Tornou-se raivoso. Começou a ter prazer em torturar a mãe. Tratou-a bruscamente. Disse-lhe palavras duras. Falava com ela em um tom de constante desespero.

Chutou a barriga de cachorros. Teve comportamentos inexplicáveis.

Tinha-se a impressão de que ele buscava de forma confusa algo irreparável e definitivo.

No vilarejo, diziam Que repetitivo! Ele cansa. Ele poderia trocar o disco!

Seu isolamento preocupava. Seu lado obscuro repelia. Começaram a fugir dele.

Não paravam de difamá-lo.

Consideravam-no mau perdedor.

Fizeram um compêndio de suas fraquezas.

Era justo não responder seu cumprimento.

Disseram Eu bem que avisei.

Disseram Olha para onde aquelas ideias grandiosas o levaram. Elas viraram sua cabeça.

Os rumores extravagantes que tinham circulado sobre ele no início do verão readquiriram valor.

Criticá-lo tornou-se uma moda. E todos seguiram. Mesmos os mais indiferentes. Para não parecerem ser mais tolos que os outros.

Deleitavam-se com sua queda.

E Diego mais do que qualquer um, o via cair como alguns observam os acidentes de carro ou as execuções.

No início do mês de dezembro de 1937, correu o boato no vilarejo (um dos empregados de don Jaime tinha soltado imprudentemente) de que um pequeno grupo de falangistas, liderados pelo capataz El Perrito, invadiria a prefeitura.

O primeiro cuidado de Diego foi o de informar às autoridades regionais, que lhe prometeram enviar duas viaturas com soldados combatentes para acabar com um eventual ataque.

Assim que souberam disso, José e Juan viram a ocasião de se livrarem do terrível marasmo, de se livrarem do torpor mortal, de se livrarem da apatia profunda à qual estavam começando a se habituar e, progressivamente, a se condescender. Pois, por meses, eles definhavam, impotentes, amargos, maldosos para se distraírem, testando suas brincadeiras sarcásticas (muito estranhas à natureza deles), e recusando a se comprometer com os de sua idade que viviam e pensavam, diziam eles, como porcos, o desespero não estava ao alcance de todos.

A ideia de brigar lhes deu finalmente um alívio inesperado. Eles lutariam. Seria uma merda. O que será será. E o desejo de heroísmo novamente se inflamava. A menos que isso fosse o sofrimento deles.

Eles informaram Diego que estavam se associando à ação e lhe dariam apoio, no dia previsto. Era preciso passar por cima das discórdias e mostrar-se à altura das circunstâncias.

Diego não podia fazer outra coisa a não ser aceitar.

Então, sem que tivesse sido estabelecido o mínimo acordo entre uns e outros, eles se jogaram de cabeça em uma ação corajosa que o bom senso deveria ter repudiado severamente.

Ninguém foi capaz de dizer exatamente como as coisas aconteceram. Tudo o que foi relatado em seguida permaneceu confuso, fragmentário e muito contraditório. Mas poderíamos reconstituir, pouco a pouco, o seguinte: Em 16 de dezembro, os falangistas, liderados por El Perrito, instalaram atrás da casa do Peque peças de artilharia que ninguém sabia como tinham adquirido. O grupo era constituído por cinco trabalhadores agrícolas empregados por don Jaime, todos muito ligados a ele, o respeitavam como a um senhor da Idade Média, que tinham se deixado convencer pelo capataz sobre a legitimidade de um ataque que tiraria o poder do Filho renegado, era Shakespeare. O capataz, note bem, tinha concebido seu plano independentemente de don Jaime, contrariamente ao que algumas mentes mal-intencionadas insinuaram em seguida.

José e Juan se posicionaram mais acima, na altura do campo dos Murcia, como sentinelas, deitados na grama atrás de uma mureta de pedras, cada um armado com uma espingarda e esperando, febrilmente, a chegada dos combatentes.

Diego e os quatro jovens comunistas, que de costume o escoltavam, tinham se escondido atrás da casa dos Aznar, armados com fuzis e cinturões de granada e prontos para cercar a casa do Peque, atrás da qual os falangistas foram emboscados.

O ataque aconteceu quando os veículos dos combatentes chegaram no local onde estavam os falangistas, imediatamente, juntaram-se a José e Juan e ao pequeno grupo comandado por Diego.

Sabe-se que houve gritos, berros, tumulto, todo um pânico. Sabe-se que bombas explodiram, que balas foram atiradas por acaso, e que ordens e contraordens foram dadas, que uma fumaça espessa impediu de ver quem atirava em quem. Sabe-se que houve, para resumir, uma imensa confusão.

Seis homens foram mortos.

O capataz e dois de seus homens foram feitos prisioneiros.

Juan, Diego e três de seus assistentes foram poupados.

Os soldados combatentes saíram ilesos.

José foi atingido bem no peito por um tiro cuja origem nunca pôde ser estabelecida. Caído abruptamente no chão, tateou a ferida indolor que abria seu peito, olhou seus dedos cheios de sangue, murmurou com uma raiva desesperada O que fizeram comigo?, tentou mexer as pernas que permaneceram inertes, quis gritar por Juan sem encontrar forças e pediu socorro a imagens amadas que nunca chegaram. Ouviu detonações, curtos tiroteios, gritos de dor, palavrões, latidos distantes. Depois, os tiros foram diminuindo pouco a pouco, todos os barulhos, pouco a pouco, ensurdeceram, e ele se sentiu escorregar lentamente em algo morno, brando e avassalador. Sozinho diante do imenso céu. Sem uma mão amiga. Sem um olhar de amor. Solito como la una (aqui minha mãe enxuga uma lágrima).

Quando o barulho das armas parou, Diego chamou por José muitas vezes, procurou por ele em uma angústia atroz, e encontrou seu corpo estendido, imóvel, congelado no chão. Inclinou-se sobre ele. Passou suavemente o braço debaixo de sua cabeça. Levantou-a. Depois colocou-a novamente no chão, indefesa.

Antes de voltar para casa, pensou por um momento em esconder de Montse a morte de José.

Abriu a porta.

Estava pálido.

Montse logo viu no rosto do marido que algo terrível tinha acontecido.

O que houve?

Diego permaneceu calado.

Montse, loucamente inquieta, perguntou novamente.

Diante do silêncio de Diego que se prolongava, ela disse com uma voz vazia Meu irmão...

Diego, sem olhar para ela, lhe disse Sim.

Montse apoiou-se na parede para não cair.

Três dias depois, enterraram José, e todos os habitantes do vilarejo seguiram o cortejo. A morte daquele que dois dias antes qualificavam como desmiolado, maluco, irrealista e desequilibrado, suscitou lamentos unânimes e uma grande variedade de gemidos. No vilarejo, José tinha se tornado o saudoso José.

Montse caiu numa tristeza imensa, uma tristeza que a tornou assustadoramente ausente e assustadoramente insensível, tão assustadoramente insensível que não reagia mais às notícias da guerra, que estavam longe de ser famosas, e não respondia mais aos sorrisos de Lunita nem aos gestos afetuosos que lhe eram dados pelos seus. Parou de visitar a mãe que não parava de gemer Ah, se meu José estivesse aqui para comer figos! Ah, se ele estivesse aqui para isso! Ah, se ele estivesse aqui para aquilo! e de respirar seu sofrimento em qualquer ocasião, para o maior deleite de suas vizinhas.

Ela parou de escutar as canções de Carlos Gardel e de Juanito Valderrama, passou seus dias prostrada em seu quarto, parou de questionar o marido e oferecia um rosto indecifrável toda vez que, diante dela, aparecia uma pergunta sobre "o acontecimento".

Seu sofrimento era desmesurado. Ele se transformou em loucura quando Rosita relatou-lhe que corria um boato no vilarejo de que Diego tinha matado seu irmão.

Pois os habitantes do vilarejo sabiam mais sobre a inimizade entre os dois homens do que se podia imaginar. Por sabe-se lá quais caminhos obscuros, as pessoas do vilarejo acabavam sempre descobrindo as coisas mais escondidas, as mais íntimas, e a partir dessas descobertas, elaboravam ficções romanescas nas quais acabavam acreditando.

O ataque de dezembro desencadeou suas ficções. E estas, combinadas com o desejo inveterado de encontrar culpados para todas as coisas, passaram a declarar Diego, por unanimidade e sem prova alguma, o assassino de José.

Essa calúnia, que deixou Montse louca de dor, mergulhou Diego em um desespero tão profundo que ele passou a acusar a si mesmo, depois de, primeiramente, ter se defendido, de ter levado, por sua falta de visão, jovens à morte.

Embebedava-se com pontualidade.

Toda noite, antes de ir dormir, adquiriu o hábito de tomar aguardente em quantidades tais que desabava bruscamente com grunhidos de porco. Mas, às vezes, antes de cair no sono, era tomado pelo desejo de fazer amor com sua mulher, ele lhe suplicava, ela recusava, ele imobilizava seus braços com uma força terrível, ela lhe dizia Me deixe, por favor, ele a esmagava com todo seu peso, ela se debatia, girando a cabeça para todos os lados, ele tentava abrir suas coxas com os joelhos e ela tentava fechá-las, ela dizia Não me toque, não me toque ou eu grito, ele soprava alto em seu rosto seu hálito embriagado, ela se debatia como um animal selvagem, ele lhe murmurava Te quiero nena, com uma voz arrastada, patética, de bêbado, ela o empurrava com nojo, lançando grandes chutes para se livrar de seus braços, depois ela começava a gritar muito alto quase acordando toda a criadagem Pare! Pare! Pare! E ela acabava escapando, se refugiando no quarto vizinho onde se trancava dando duas voltas na chave.

Diego caía repentinamente em um sono bruto, acordava suando, virava-se em direção a Montse, a buscava tateando, mas o lugar estava vazio. Levantava-se. Sua cabeça pesava. O chão do quarto balançava. Cambaleava. Mal ficava de pé e sua dor se acendia novamente, intacta, e seus remorsos o atacavam com a mesma virulência do dia anterior. Então, rendia-se, para combatê-los, na recapitulação interminável de suas justificativas. Se por mais que já tivesse tido alguma vez o desejo de que José fosse para o mais longe possível, que tivesse vivido sua presença como uma contínua provocação, que seu rosto lhe parecesse sempre como uma reprovação, que tivesse observado sua queda com uma sombria, uma indizível satisfação, nunca nunca nunca ele tinha desejado sua morte, é o que repetia para si mesmo.

Um dia, quando estava indo para a prefeitura sem o menor entusiasmo, decidiu passar pelo café de Bendición.

Quando entrou o silêncio se fez.

Teve vontade de ir embora imediatamente, mas não deixou transparecer.

Pediu um licor de anis, bebeu num só gole, saudou com o queixo o grupo de velhos que estavam jogando dominó, depois atravessou novamente o salão que a hostilidade por sua presença tinha tornado mudo.

Voltou para casa extremamente perturbado por ter constatado que algo tinha sido irrevogavelmente quebrado entre ele e os habitantes do vilarejo. Um de seus jovens assistentes confirmou: disseram agora, aos risos, que a prefeitura cheirava a queimado.

A partir daí, via-se que ele tinha mudado.

Ele, sempre tão melindroso com sua aparência e sempre impecável, não tinha mais nenhum cuidado com suas roupas, já não fechava o paletó cujos bolsos estavam escancarados e deixava a camisa sair da calça, estava parecendo um mendigo, dizia-lhe doña Pura.

Paralelamente, a certeza em suas antigas convicções começavam a estremecer.

O corpo de José jazia em sua mente e o fazia ver todas as coisas de outra maneira. Cada vez mais frequentemente, ele pensava que José talvez tivesse razão quando denunciou a linha do Partido que ele, por sua vez, tinha apoiado com uma intransigência infalível. Quanto às ideias libertárias, que saboreava como se fosse um fruto proibido, elas instalaram nele o lento veneno da dúvida e essa dúvida não parava de crescer. Mas para que se agarrar a algo, perguntou-se, quando tudo é instável? Em quem confiar, em quais modelos, em quais sistemas? E como continuar lutando?

O papel de líder do vilarejo que tinha ocupado com tanto orgulho agora estava pesando sobre ele, era com relutância que ele ia para a prefeitura, as questões políticas lhe causavam, a partir de então, uma espécie de repulsa. Vislumbrava realmente abandonar suas funções e começou a desejar o fim da guerra, perdida ou ganha, o que o libertaria de seus fardos.

Envelheceu de uma só vez.

Tinha vinte anos. Parecia trinta.

Foi nessa época que os primeiros medos paranoicos se insinuaram em sua alma inquieta. Sentindo-se, senão francamente acusado, ao menos culpado por sua própria família, começou a imaginar que seu pai o desprezava e que Montse o considerava com desprezo. E, para melhor se inocentar, passou por ele a ideia de explodir os miolos.

Ele que sempre fora tão desconfiado de tudo e de todos, aquele cuja desconfiança tinha sido um dos traços mais salientes de sua personalidade, passou a acreditar que todo o vilarejo estava contra ele, a ponto de achar que era alvo de uma conspiração.

Começou a acreditar que o olhavam com maus olhos, que algo estava sendo tramado por suas costas e que buscavam prejudicá-lo de mil maneiras diferentes.

A partir desse dia, ele ficou em uma tensão extrema, se trancando no escritório dando três voltas de chave na fechadura, se assustando com o menor barulho e, ao menor alerta, colocando a mão na pistola que tinha permanentemente presa ao cinturão.

Durante alguns anos, aceitou mais ou menos bem essas ameaças conspiratórias que eram justificadas pela guerra. Foi apenas muito mais tarde, depois de ter imigrado para a França, que ele seria tomado por um verdadeiro delírio de perseguição que o levaria por duas vezes ao hospital psiquiátrico.

Don Jaime também estava mudando.

O comportamento dos nacionalistas nas cidades conquistadas o enojava. Sua família pesou sobre ele. Seu filho o preocupava. E a tristeza de Montse lhe era insuportável. Ele só gostava da companhia dos camponeses da região, esses não estavam próximos a ele por acaso e esperavam se aproveitar um dia de sua generosidade. Ele, por sua vez, negligenciava suas terras e as deixava a cargo de um jovem que respondia pelo nome de Fermín, e passava quase todas as tardes no café de Bendición jogando partidas de dominó com outros homens de sua idade, o que talvez explicasse o sobrepeso que de repente lhe veio na barriga.

Nos meses que se seguiram, todo o potencial de violência do vilarejo, que tinha se manifestado até então por imputações caluniosas totalmente banais e algumas polêmicas furiosas, repentinamente, foi reativado com uma força terrível que não se devia apenas à lua nova.

Todos encontraram um refúgio.

Todos olhavam o outro como um inimigo potencial.

Arriscavam-se na rua somente depois de ter examinado os arredores, com medo de que um atirador escondido iniciasse um tiroteio.

Não estava excluído que atos desesperados fossem cometidos ou que emboscadas fossem executadas por alguns fanáticos.

Acima de tudo, temia-se que uma emboscada tão trágica quanto a anterior se repetisse.

Todos estavam com medo de todos.

O amargor e a desconfiança estavam em todos os corações.

E em alguns, o ódio.

O final daquele ano de 37, diz minha mãe, foi um dos mais sombrios, um dos mais tristes dos quais ela se lembrava.

A tristeza de Montse coincidiu com o pressentimento compartilhado de que a guerra, do lado republicano, se encaminhava para a derrota.

3

Desde sua volta à França, Bernanos trabalhou incansavelmente na redação final de *Os Grandes Cemitérios sob a Lua*. Instalado em Toulon, o velho leão de olhos claros ia todos os dias de moto ao Café de la Rade, correndo o risco de se passar por um bêbado. Foi ali que terminou seu texto mais sombrio.

Em 16 de abril de 1938, *Le Figaro* publicou alguns trechos. Em 22 de abril, o livro chegou às livrarias. A imprensa de esquerda aplaudiu. A imprensa de direita fez cara feia, quando não foi violentamente hostil. De Madrid, o episcopado espanhol exigiu que Roma condenasse ao Index essa obra inspirada por Satanás. Simone Weil, jovem professora de filosofia, enviou a Bernanos uma carta de admiração que ele guardou na carteira até seus últimos dias.

Incapaz de se desligar dos pensamentos da Espanha, Bernanos logo formou o projeto de partir para longe, longe, muito longe de seu país que havia se negado a si mesmo, e longe da Europa que, dizia ele, tinha se tornado totalitária. Continuar vivendo ali estava acima de suas forças.

Depois de ter passado com sua esposa uma última noite francesa na companhia de José Bergamín, Bernanos e sua família embarcaram em Marselha no dia 20 de julho. Escala em Dakar. Em direção ao Brasil. Em seguida, rumo ao Paraguai.

Depois do lúgubre inverno de 37, Montse reencontrou pouco a pouco o gosto de viver. De tanto pensar no irmão, ela acabou achando que a morte dele talvez tivesse sido uma morte obscuramente desejada, o adeus orgulhoso a um mundo que não era mais o seu há muito tempo, um mundo que ele rejeitou com raiva por, no fundo, não se parecer com ele, por, como ela, não tomar da vida o mau como se fosse o bom, o mal como se fosse o bem e, como ela, contentar-se com isso e depois se alegrar por ter se contentado com isso. E a morte de José lhe pareceu um pouco menos absurda. Igualmente inaceitável, igualmente inútil, mas um pouco menos absurda.

Minha mãe esqueceu o ano de 1938 e todos que se seguiram. Eu nunca saberei o que dizem os livros.

Ela se esqueceu dos pequenos acontecimentos (pequenos comparados à História e perdidos para sempre) e dos grandes (que pude reencontrar).

Ela se esqueceu de que em 38 as más notícias assombraram o céu da Espanha e que o exército republicano perdia terreno a cada dia.

Ela se esqueceu de que no mês de março daquele mesmo ano, a brigada Botwin, constituída por voluntários judeus vindos de todos os países, foi inteiramente dizimada.

Ela se esqueceu de que a cidade grande onde ela tinha conhecido o mais belo verão de sua vida, e provavelmente o único, ela tinha esquecido que aquela grande cidade caiu aos pedaços, suas gloriosas faixas aos pedaços, seus cartazes vermelhos aos pedaços, suas ruas desertas aos pedaços, assim como a moral de seus habitantes.

Ela esqueceu que em setembro os acordos de Munique foram assinados, e Daladier aclamado por tê-los assinado (Cocteau gritando: Viva a Paz Vergonhosa! Bernanos, desesperado, declarando: A paz vergonhosa não é paz; Nós todos aqui engolimos a vergonha em cheio pela boca, pela goela; Uma vergonha irreparável; Nós carregaremos toda a responsabilidade diante da História.)

Ela esqueceu que no dia 30 de abril, o Primeiro-ministro Negrín constituiu um governo de Unidade nacional com a ideia de que já não se tratasse mais de vencer, mas de entrar em negociação com o general Franco, que, obviamente, recusou.

No mês de agosto de 38, a guerra se aproximou perigosamente da região onde Montse vivia. Foi a última reação do exército republicano. E em seu vilarejo, uma luta de vida ou morte entre os dois lados.

Em fevereiro de 39, com o anúncio da vitória franquista por El Peque, o operário viário que tinha sido promovido a *pregonero*, o ódio irrompeu em chamas e tornou-se literalmente insano.

As reviravoltas foram brutais. As represálias, terríveis. Juan foi executado e os dois jovens assistentes de Diego, que não tinham completado dezoito anos, torturados e depois fuzilados. Rosita e Carmen, a secretária da prefeitura, depois de terem seus joelhos cortados a golpes de lâminas, foram obrigadas a limpar, por três anos, o chão da igreja vazia, sob grandes gargalhadas, cuspes e xingamentos daqueles que, convertidos na véspera, agora gritavam Arriba Franco, Arriba España, com os braços orgulhosamente estendidos.

Manuel foi preso sem julgamento na prisão de R. com anarquistas andaluzes que lhe ensinaram a cantar aquelas *carceleras* cuja melodia apunhala o coração.

Bendición e o marido penduraram em seu café um cartaz que trazia as palavras: NÃO VENDEMOS NOSSA PÁTRIA PARA O EXTERIOR.

Diego teve tempo de fugir para se juntar à 11ª divisão do tenente coronel Lister, que estava se retirando com suas tropas em direção à fronteira francesa.

Minha mãe, aconselhada pelo marido, deixou o vilarejo um pouco antes que as vinganças se assolassem.

Ela partiu na manhã do dia 20 de janeiro de 1939, a pé, com Lunita em um carrinho de bebê e uma pequena mala na qual havia guardado dois lençóis e roupas para a filha. Uma dezena de mulheres e crianças a acompanhavam. O pequeno grupo se juntou à coorte dos que fugiam da Espanha, supervisionados pela 11ª divisão do exército republicano. Foi o que, pudicamente, chamou-se de a Retirada. Uma coluna interminável de mulheres, crianças e velhos deixando para trás um rastro de bagagens furadas, mulas mortas deitadas de lado, pobres rebanhos estendidos na lama, objetos aleatórios levados às pressas por esses infelizes, como fragmentos preciosos de si mesmos que, depois, foram deixados pela estrada quando a ideia de um si mesmo tinha desaparecido totalmente de suas mentes, quando, aliás, qualquer pensamento tinha desparecido de suas mentes.

Durante semanas, minha mãe caminhou de manhã até à noite, conservando o mesmo vestido e o mesmo casaco endurecido de lama, lavou-se nas águas dos riachos, secou-se na grama das valas, comeu o que encontrava pelo caminho ou o punhado de arroz distribuído pelos soldados de Lister, sem pensar em nada a não ser colocar um pé diante do outro e cuidar de sua filhinha, a quem impunha aquele calvário.

Não demorou para que abandonasse o carrinho que tinha se tornado pesado demais e fez, com um lençol amarrado em torno dos ombros, um berço para Lunita, que se tornou uma parte dela mesma. Foi assim que ela avançou, mais forte e, agora, mais livre levando sua filhinha em seu corpo.

Passou fome, passou frio, teve dor nas pernas e no corpo inteiro, dormia sem dormir, com todos os sentidos em alerta, com seu casaco dobrado servindo de travesseiro, ela dormia até mesmo no chão, em cama de galhos, em celeiros abandonados, em escolas desertas e geladas, as mulheres e as crianças ficavam tão amontoadas umas contra as outras que era impossível mexer um braço sem esbarrar umas nas outras, dormia enrolada em um fino cobertor marrom que deixava a umidade do chão penetrar (minha mãe: esse cobertor você o conhece, é o cobertor de passar roupa), sua filhinha apertada em seu peito, ambas unidas como um só corpo e como uma só alma, sem Lunita não sei se teria continuado.

Ela estava, apesar de jovem, com um cansaço indescritível, mas continuou todos os dias colocando um pé diante do outro, ADELANTE! a mente ocupada unicamente em achar os meios para sobreviver, se jogando no chão ou em uma vala assim que apareciam os aviões fascistas, o rosto esmagado no chão e sua filha junto a ela, aterrorizada de medo e sufocando de tanto chorar, sua filha a quem murmurava Não chore, minha querida, Não chore, meu docinho, Não chore, meu tesouro, se perguntando, enquanto se levantava coberta de terra, se estava certa em submeter sua filha àquele apocalipse. Mas minha mãe tinha dezessete anos e o desejo de viver. Ela caminhou, portanto, durante dias e dias com sua filha nas costas em direção a um horizonte que lhe parecia melhor do outro lado da montanha. Caminhou durante dias e dias em uma paisagem de escombros e alcançou a fronteira de Perthus no dia 9 de fevereiro de 1939.

Ela permaneceu quinze dias no campo de concentração de Argelès-sur-Mer, nas condições que sabemos, depois foi dirigida ao campo de concentração de Mauzac onde reencontrou Diego, meu pai.

Depois de tantas peripécias, acabou ficando encalhada em um vilarejo de Languedoc, onde teve que aprender uma nova língua (à qual submeteu a uma série de ultrajes) e novos modos de viver e de se comportar, não chorar.

Até hoje ela ainda mora ali.

Em 24 de abril de 1939, o Eminentíssimo Papa Pio XII, há pouco eleito, declarou: É COM UMA ALEGRIA IMENSA QUE NOS DIRIGIMOS A VOCÊS, TÃO QUERIDOS FILHOS DA TÃO CATÓLICA ESPANHA, PARA EXPRESSAR NOSSAS CONGRATULAÇÕES PESSOAIS EM VIRTUDE DA DÁDIVA DA PAZ E DA VITÓRIA COM A QUAL DEUS COROOU O HEROÍSMO DE VOSSA FÉ E DE VOSSA CARIDADE.

8 de fevereiro de 2011. Minha mãe repousa em sua grande poltrona verde, perto da janela que dá para o pátio da escola. Contar seu verão de esplendor a cansou. Sua alegria ao falar sobre ele a cansou.

De todas as lembranças, minha mãe, portanto, terá preservado a mais bela, viva como uma ferida. Todas as outras (com algumas exceções, entre as quais conto meu nascimento), apagadas. Todo o pesado fardo das recordações, apagado. Setenta anos de um inverno interminável em um vilarejo de Languedoc apagados e para sempre calados por razões que tenho dificuldades de compreender, médicas talvez, ou então (e essa hipótese é para mim a mais preocupante) porque não serviram para nada.

Em sua memória persiste apenas aquele verão de 36, quando a vida, quando o amor a tomaram por inteiro, aquele verão quando ela teve a impressão de existir plenamente e em sintonia com o mundo, aquele verão de juventude total como disse Pasolini e à sombra do qual ela talvez tenha vivido o resto de seus dias, aquele verão que ela, eu presumo, retrospectivamente embelezou, para o qual, eu presumo, recriou a lenda para melhor combater seus arrependimentos, a menos que fosse para melhor me agradar, aquele verão radioso que coloco a salvo nestas linhas já que os livros são feitos, também, para isto.

O verão radioso de minha mãe e o ano lúgubre de Bernanos cuja lembrança continua fincada em sua memória como uma faca abrindo os olhos: duas cenas de uma mesma história, duas experiências, duas visões que há alguns meses entraram em minhas noites e meus dias, onde, lentamente, se infundem.

O pátio, que minha mãe estava observando pela janela com prazer tão puro, acaba de se esvaziar de suas crianças.

De repente uma grande calma.

Minha mãe se vira em minha direção.

E se você nos servisse um licor de anis, minha querida. Isso nos fortaleceria a moral. Se diz o ou a?

Se diz o. O moral.

Um licorzinho de anis, minha Lidia. Em tempos galopantes, esta é uma preocupação que não é, ouso dizer, temporária.

Todos os meus agradecimentos a Sonia Doña Perez e a Annie Morvan.

Este livro foi composto nas fontes
Source Serif [texto], Mouron e Rousseau Deco [títulos],
impresso pela gráfica Viena em papel Pólen Natural 80g
e diagramado pela BR75 texto | design | produção.
São Paulo, 2023.